IMĀGINOR, ERGŌ SUM.

想象即存在

幻想家

Popol Vuh

A Retelling by
Ilan Stavans

Illustrations
by Gabriela Larios

波波尔乌

插图重述版

〔墨〕依兰·斯塔文斯 著

〔萨〕加芙列拉·拉里奥斯 绘

陈阳 译

湖南文艺出版社

图书在版编目(CIP)数据

波波尔乌:插图重述版 / (墨) 依兰·斯塔文斯著;
(萨) 加芙列拉·拉里奥斯绘;陈阳译. -- 长沙:湖南
文艺出版社, 2022.3
(幻想家)
书名原文: Popol Vuh: A Retelling
ISBN 978-7-5726-0338-9

Ⅰ.①波… Ⅱ.①依… ②加… ③陈… Ⅲ.①神话 –
作品集 – 墨西哥 Ⅳ.①I731.73

中国版本图书馆CIP数据核字(2021)第179359号

The simplified Chinese translation rights arranged through Rightol Media
本书中文简体版权经由锐拓传媒取得 Email: copyright@rightol.com

著作权合同图字:18-2020-205

幻想家

波波尔乌: 插图重述版
BOBOERWU: CHATU CHONGSHU BAN

著 者	〔墨〕依兰·斯塔文斯	绘 者	〔萨〕加芙列拉·拉里奥斯
译 者	陈阳	出版人	曾赛丰	责任编辑	吴 健
封面设计	Mitaliaume	内文排版	钟灿霞 钟小科
出版发行	湖南文艺出版社 (长沙市雨花区东二环一段 508 号 邮编:410014)
印 刷	湖南省众鑫印务有限公司	开 本	880 mm×1230 mm 1/24
印 张	$11\frac{1}{3}$	字 数	150 千字	印 数	1—3000 册
版 次	2022 年 3 月第 1 版	印 次	2022 年 3 月第 1 次印刷
书 号	ISBN 978-7-5726-0338-9	定 价	98.00 元

献给马修·格拉斯曼

和

弗朗切斯科·梅尔菲

目 录

插图目录

创世

下界

日　出

应　许

中文版序言

翻译是文学旅行的路途。它赋予书本自由，为其裁剪不同质料的时尚外衣。

我常被起源存疑的书籍吸引，而让它们最终成形的恰恰是翻译。《波波尔乌》便是一个极具代表性的例子。它不是在某个特定的时间和地点被"写成"的，而是以基切语口述传统的形式传承下来。同所有其他语言一样，每讲述一次这个故事，所用的语言都有所改变。换言之，整个叙事并非出自某位单一作者之手，而是集体的创作，这使得其内容在数百年间不断突变。及至后来的西班牙征服时代，它才被写成文字，誊写的过程自然涉及某种形式的翻译。

那份誊写文本有清晰可辨的开头、中间部分和结尾。它随后又被翻译为其他语言。由此产生的成果构成了一个同心圆：每一次有新的语言加入，《波波尔乌》

就又收获了一批受众。它与基切人当初珍藏于心的《波波尔乌》还是同一本书吗？是，也不是。译者都是演绎者，他们让书本通过自己的视角踏上旅途。纯粹无瑕的翻译是不存在的。当然，一些译者比另一些更加"忠实"。根据赫拉克利特的观点，人不可能阅读同一本书两次（根据定义，读者已发生改变），每一个译本都有倾向性。一切译者同时也都是评论者。

《波波尔乌》中文版译者陈阳为我提供了一次思考玛雅文化与中国文化之关联的机会。我见证了她为翻译本书所付出的心血，在此过程中与她进行了深入的探讨。她向我提出了许多关于文本的精彩问题：关于书中的鸟兽，关于所谓的"木人一族"，关于宗教的表现形式，等等。我尽我所能加以解答，并且乐在其中。神话是我们反复提及的话题之一。多年来，我研究过《圣经》神话和希腊神话。另外，我将流行文化（比如今天的超级英雄或者英国王室）也视为一种别样的神话。一种文化若想涓滴成河，那就需要神话传说：英雄的旅途，宿命的角色，等等。

神话传说是否具有普世性？它们对本土力量是否有所回应？这两个问题的答案都是肯定的。神话传说是每一代人都会被其吸引并借以找到自身位置的故事。它们或许会以纯粹的、不掺任何杂质的形式出现；又或许，它们乔装打扮，披上现代的外衣。换言之，某些典型传说铭刻在我们的 DNA 深处，而另一些则与定义我们的特定外部环境息息相关。

在我与陈阳的对话中，她向我描述了她在翻译《波波尔乌》的过程中深深迷上玛雅文化的心路历程。她与本书责编一道，希望我能为中国读者撰写一篇量身定制的序言，"为中国读者打开通往玛雅世界的大门，让我像但丁笔下的维吉尔那样，引领大家走进你所创造的奇幻世界"。她告诉我，许多中国玛雅爱好者都注意到，中国与中美洲的宇宙观之间存在一系列有趣的相似之处。以库库玛茨为例，这位伟大的羽蛇神看起来仿佛是中国龙的"远亲"——中国龙与羽蛇一样是天气、风暴与降雨的控制者。苍龙七宿是中国古代天文学中的重要星象之一。当苍龙七宿中的角宿出现在地平线之上的夜空时，便标志着春天的来临（"龙抬头"）。这仅仅是巧合吗？或者，换句话说，神话可以用巧合来界定吗？

玛雅文化与中国文化的另一相似之处是：每个方位都对应一种颜色，并且有特定的含义。* 在中国，东方为青，代表草木、春天，对应青龙；南方为赤，代表火焰、夏天，对应朱雀；西方为白，代表金属、杀戮、凶兆、秋天，对应白虎；北方为黑，代表水、冬天，对应玄武；最后，正中为黄，代表大地，不对应任何具体的神兽。

---

* 玛雅文化中，东方为赤，是首要的方向；北方为白，是先人和亡灵的方向；西方为黑，是通往下界的方向；南方为黄，是太阳处于中天的方向；中心为绿，是世界中轴之所在。（本书脚注均为译者注。）

玛雅月神（包括男性和女性月神）身边总有一只兔子相随。与之类似，中国文化中的嫦娥同样有一只可爱的白兔。在中国传统文学中，"玉兔"即是月亮的代称。陈阳曾提到，当她第一次知道胡拉坎的字面意思是"独腿"时，她立刻联想到了华夏传说中的创世神：人身蛇尾的女娲和伏羲，他们的蛇尾恰似胡拉坎蛇形的独腿。在 20 世纪墨西哥著名壁画家迭戈·里维拉的水彩画中，胡拉坎被描绘成长有两条蛇尾的形象。

　　这些相似性不仅在于图像本身，还在于两种文明的象征主义本质。在被拉丁字母表加以规范之前，前哥伦布时代的美洲人——不只是基切人，还有其他玛雅人、阿兹特克人、印加人等——曾用图像来表现他们的寰宇。他们的建筑、艺术甚至语言中都有大量动物、花朵和物品的形象，其珍贵的价值真切可感。来自西班牙、以字母为表现形式的文化将原住民的这一特质连根拔起，从而导致了一场史无前例的认知转变。因此，基切历史的进程无疑是割裂的，分为之前和之后。今天，这些象征符号有许多依然存在，它们是不屈不挠的精神体现。

　　基于上述相似性，有些中国人觉得玛雅人或许发源于亚洲——也许就在中国北方的某个地方——从那里沿着连接太平洋和北冰洋的白令海峡迁徙至美洲，就像当今世界的移民乘坐拖车，从萨尔瓦多、危地马拉和洪都拉斯长途跋涉前往美墨边境那样。在墨西哥长大的我本人也对这种推测有所耳闻——之所以出现这种猜想，一部分原因是人类学家总是期望找到一位共同的祖先。在我与陈阳探讨该问题时，我们都觉得，玛雅人在数百万年前从一个地理区域迁移至另一个区域的说法只能算是一种猜想。在我们的邮件往来中，她称其为"一个极富吸引力却缺乏有力证据的理论"。这个传说没有任何坚实的事实基础。

　　不过，神话并不是科学的臣民。相反，神话有它自己的一套真理。在我看来，《波波尔乌》很可能点燃中国读者的想象力，尤其是因为上文提及的巧合以及其他巧合。对我而言，这部基切经典之作有幸通过翻译再一次走出原生环境，为一片遥远的土地提供知性的滋养，这实在是激动人心。是译者让一本书走向全球。比如，《一千零一夜》通过一千零一个译本走入无数种语言，其自身也（通过吸纳后人杜撰的片段）得到了极大的丰富。又比如，《圣经》《奥德赛》《贝奥武甫》和《易经》都在不断被"重述"，以供缺乏专业知识的年青一代读者阅读，它们往往会在不经意间传递最初的原本不曾预见的信息。本书同样如此。它讲述了一个坚定果敢、永不言败的帝国兴衰的神奇传说，只要还有新的读者被它吸引，这故事便将一直流传于世。

依兰·斯塔文斯

依兰·斯塔文斯是美国阿默斯特学院的人文学、拉美及拉丁裔文化教授,也是不安之书出版社的出版人。他曾将《托尔梅斯河边的小癞子》以及胡安娜·伊内斯·德·拉·克鲁斯修女、豪尔赫·路易斯·博尔赫斯、巴勃罗·聂鲁达、马里亚诺·阿苏埃拉和胡安·鲁尔福的作品译为英文,将艾米莉·狄金森和伊丽莎白·毕晓普的作品译为西班牙文;他还翻译过耶胡达·哈勒维和耶胡达·阿米亥的希伯来文作品,艾萨克·巴什维斯·辛格的意第绪文作品,并将莎士比亚和塞万提斯的作品以及《小王子》译为西式英文。他著有《论外来语》《字典时日》《吉诃德》《论自我翻译》和《墙》等书,编有《牛津犹太故事书》《诺顿拉丁裔文学选集》和《成为美国人:四个世纪的移民写作》等书。依兰·斯塔文斯曾获得诸多奖项和荣誉,其作品被翻译成二十种语言,还曾被改编为电影、电视、广播剧和舞台剧。

前 言
一切皆是羽中梦

《波尔乌》被一些人称为"玛雅《圣经》",而基切贵族对这本书的称呼有好几种英文译法:《议事之书》《社群之书》《族人之书》《海畔之光》《我们在暗影中的立足之地》以及《生命破晓》。此书叙事复杂,讲述神明与超人类的生命在不确切的过去参与超验性事件的传说,其中充斥着关于自然世界——植物、动物与环境——的丰富细节,充分解释了基切人的仪式和祭祀、生命轮回观、婚俗和葬俗。天马行空的想象力是这本书的精髓所在。

自大约公元前 1500 年直至 1519 年西班牙人到来,在三千年的时光里,前哥伦布时代的中美洲文化在今日墨西哥、危地马拉、伯利兹、洪都拉斯和萨尔瓦多一带繁荣发展,这些文化均采用周期为二百六十日的神圣历法,拥有共同的信仰、神祇和血祭传统。另外，它们都以玉米、豆类、瓜类和辣椒为主要作物，将可可豆作为流通货币和酿造饮料的原料，开展仪式性的蹴球比赛，并且拥有独特的技术和建筑及艺术风格。公元前 900 年至公元前 400 年，奥尔梅克人和萨波特克人最早在中美洲使用了文字。

对于前哥伦布时代中美洲文明的神话、宗教、历史和诗歌，我们的了解主要来自现存的征服前时代的抄本、16 世纪墨西哥中部的文本以及《波波尔乌》中的创世故事。石雕遗迹、墓葬铭文、石碑和彩陶绘画也提供了许多信息。

在 1521 年西班牙人征服阿兹特克帝国之后，数位传教士——尤以贝尔纳迪诺·德·萨阿贡修士为代表——用拉丁字母将受过教育的原住民口述的内容写下来，力图以此保存阿兹特克人（或称墨西卡人）的历史和语言。作为第一位现代意义上的民族志学者，萨阿贡在其著作《新西班牙诸物志》中记录了原住民日常起居和公共事务的主要内容。他在此书第一卷的序言中明确表示，自己相信这些被征服的民族拥有人性："毋庸置疑，此邦诸民皆为我等之兄弟手足，与我等同为亚当之后嗣。当地诸民实乃吾辈友邻，理当爱之惜之，一如爱惜己身。"

征服者认为，镇压阿兹特克文化是让当地人皈依基督教的必要举措。在他们看来，就连萨阿贡的所作所为都存在危险。1577 年，西班牙国王腓力二世命令他在墨西哥的代理人将萨阿贡转写的抄本尽数查封，同时授意其代理人"严禁任何人用任何语言书写关于此地印第安人迷信活动和生活方式的任何内容，因为此举无益于上帝和朕的事业"。

在整个 16 世纪，为了根除"偶像崇拜"，被征服的中美洲的神庙和图画遭到摧毁，象形文字抄本尤其是重点打击的对象。在担任尤卡坦教区的方济各会主教期间，迭戈·德·兰达修士监管着马尼城的宗教裁判所，这里的宗教审判在 1562 年 7 月 11 日达到了顶点：数十份玛雅抄本和上千幅图画在一场信仰审判中被付之一炬。

兰达在《尤卡坦风物志》中写道："这些人也使用某些字符或字母，以此在他们的书中记录他们的古事与科学，借助这些文字和绘画以及绘画中的某些符号，他们便可了解本民族的事务，亦使他人了解，并以此教导他人。我们发现了大量用这些字符写成的书本，鉴于其中除了迷信和魔鬼的谎言之外再无他物，我们将其尽数焚毁，此举竟令他们悲痛异常，哀哀欲绝。"

数年前，这毁灭的惨状激发了我的灵感，让我写下了这首诗：

　　大主教点燃
　　中美洲印第安人的书册，将文字化为浓烟
　　画中人在烈焰中扭曲辗转

仿佛活物一般。

点火的大主教

长啸。

在玛雅文明的古典期（公元250至900年），出现了一些兼具宗教中心地位的城邦，先是在恰帕斯的雨林中和危地马拉的佩滕，随后是在尤卡坦的平原上。在今日墨西哥的恰帕斯、塔瓦斯科、坎佩切、尤卡坦和金塔纳罗奥诸地，在危地马拉、伯利兹部分地区、洪都拉斯和萨尔瓦多，都发现了玛雅古国的遗迹。公元400年以及700至900年间，玛雅人的土地遭到说纳瓦特语的部族入侵；后古典期又遭到阿兹特克人的入侵。1501年，阿兹特克人首次向基切人要求纳贡；1510年，基切人开始向阿兹特克皇帝莫特克苏玛进贡绿咬鹃羽毛、黄金、宝石、可可豆和布匹。莫特克苏玛在1512年向基切人派出一位使节，警告他们小心西班牙人，而基切人继续向阿兹特克人纳贡，直到1521年阿兹特克帝国覆灭。

来自巴达霍斯（位于今日西班牙埃斯特雷马杜拉自治区）的佩德罗·德·阿尔瓦拉多在伊斯帕尼奥拉岛（即今日海地岛）的圣多明各结识了埃尔南·科尔特斯，并加入了他征服古巴的队伍，数年后又与他一同前往征服墨西哥。在阿兹特克帝国的都城特诺奇提特兰，阿尔瓦拉多是西班牙军队的指挥官，1520 年 5 月底，在敬奉至尊之神和战神维齐洛波奇特利的托希卡特节庆典期间，阿尔瓦拉多在大神庙的露台上屠杀了阿兹特克贵族。原住民的记载描述了参加庆典之人被刀枪刺穿身体、被肢解、被枭首的惨状。三年之后，科尔特斯将征服危地马拉的任务托付给他。1523 年 12 月，阿尔瓦拉多率领约五百名西班牙人、一百六十匹马以及大约在七千至一万名之间的墨西哥盟军出征。他在 1524 年 2 月 13 日进入危地马拉地界，让基切人的对手——喀克其奎人成了自己的盟友，这是科尔特斯的战术，他本人正是凭借与特拉斯卡拉人、托托纳克人和特斯科科人的联盟成功击败了阿兹特克人。

　　1524 年 3 月 7 日，佩德罗·德·阿尔瓦拉多和他的军队攻下了库玛尔卡赫。接着，西班牙人征服了危地马拉高地。阿兹特克人用"托纳蒂乌"（纳瓦特语中的"太阳"）这个名字来称呼他，因为他的发须皆是红色。据学者们推测，他的到来可能被视为新一轮太阳出现并取代早已离去的前一个世界的太阳的象征。

　　在写给埃尔南·科尔特斯的两封关于危地马拉征服的信中，佩德罗·德·阿尔瓦拉多写道："我意识到，或许我能借助火与剑让这些人为陛下效力，因此我决定将首领们也烧死。就在我打算烧死他们时，他们告诉我——在他们的忏悔书里也会出现这些内容——是他们下令对我开战，与我作战的也是他们。他们告诉我他们打算采取的行动，要在城里将我烧死，正是（他们头脑中）有这样的想法，他们才将我带到城里。他们还说，他们命令封臣不得归顺我们的皇帝陛下，不得帮助我们，也不得做其他任何正确的事。鉴于我知道他们是如此不愿为陛下效力，也为了确保这片土地的良善与和平，我烧死了他们，同时派人烧毁城池，将其摧毁，因为此地强韧且危险，不像是一座城池，倒像是强盗集结的据点……至于战争所涉事宜，目前我没有什么要讲述的，只有一样：所有战俘都已打上烙印，成为奴隶，我已将属于陛下的五分之一交给司库巴尔塔萨·德·门多萨，他已将这些奴隶公开拍卖，好让陛下的收入落袋为安。"

公元 4 世纪，玛雅文明迎来鼎盛时期。宗教组织业已成形，而他们的艺术成就则表明，玛雅人是整个中美洲最具天赋的科学家和艺术家。他们不仅在天文和计算领域高度发达，在绘画和石雕方面同样技艺超群。

玛雅语系覆盖面很广，衍生自据说在至少五千年前便已有人使用的原始玛雅语。到征服时期，玛雅人已有一套完备的书写系统，用来记录他们的古老历史。早在公元 1 千纪之初，玛雅人就开创了一种表意兼表音的文字，以此将文本和题铭记录在树皮纸、涂有石灰膏的鹿皮，以及精心绘制的陶器、木头、灰泥和石质浅浮雕上。书吏和画师是玛雅社会的精英人士。

在幸存至今的四部前哥伦布时代的玛雅抄本残本中，没有一部出自危地马拉高地。但是，《波波尔乌》和《奇兰巴兰之书》这两部伟大文本写于征服之后的17 到 18 世纪，它们的存在是当地悠久传统的证明。还有其他资源为这些书面证据提供了补充和图像说明，包括瓶子和碟子上的图画和象形图像、骨雕和贝壳雕、石碑上的雕刻、洞穴里的壁画，还有巨石上的岩画。画家和书吏用毛刷笔和尖头笔创作，就连众神也被表现为作画或雕刻的形象。

西班牙人在 1524 年抵达美洲之后不久，教士们教会危地马拉高地的贵族用拉丁字母书写他们的语言——基切语，后者将一些玛雅书本誊写下来。出身显赫、会用罗马字母表的有学之士在 16 世纪 50 年代左右写下了《波波尔乌》。全书叙事分为三部分，分别讲述了世界的创生和世间第一批居民的诞生、众神和英雄的光辉事迹、高地玛雅人的历史。这是用美洲本土语言记述当地神话和贵族世系的最早且最全面的文献，它记载了晚至 1550 年的基切王国的历史。学者们相信，《波波尔乌》衍生自一部前哥伦布时代用玛雅象形文字写成的抄本，该抄本现已逸失。

在西班牙征服者到来时，基切人主要分为三大支系：身为最初四位人类先祖直系后裔的尼玛一系，以及塔穆伯一系和伊洛卡伯一系。由于《波波尔乌》出自尼玛基切人之手，因此这一系的血脉传承尤为突出。《波波尔乌》是由被征服者书写的历史，尽管让它留存后世的是胜利者中的一位代表。今天，基切人是危地马拉最大的玛雅民族群体。

多明我会修士弗朗西斯科·希梅内斯·德·克萨达在 1688 年从西班牙来到危地马拉，那时他还是一位二十二岁的助祭，一边学习玛雅高地的基切语和喀克其奎语，一边完成见习任务，开始教士生涯。1701 年，他被转调至群山环绕的小镇奇奇卡斯特南戈，正是在那里，他发现了《波波尔乌》写本的存在。他成功地从写本保管者手中借来这本书，将其译为西班牙语。他当初借阅的那份文献今已遗失。几经转手之后，希梅内斯神父誊写的原本于 1911 年在芝加哥纽伯里图书馆长久地

安顿下来。这份文学杰作与精神宝藏如今能为人所知，全都是他这份誊写本的功劳。

书名页写道："以下是危地马拉本省印第安人的起源故事，为便于福音传播者阅读而从基切语译为卡斯蒂利亚语。"之后是基切语和西班牙语双栏并列的正文。

奠基性的创世神话，一个讲述世界如何诞生、人类和其他物种如何出现在世间的故事，是每一个社会、文化和宗教的基础。如果叙事中还描述了宇宙从混乱到秩序的转变，那么它同时也是一个宇宙起源故事。《波波尔乌》的创世不是从虚空中偶然出现，因为天空和水泽在此之前便已存在。

于我而言，《波波尔乌》是关于自然的神话体系。神祇、人类、鸟兽和草木都在生命破晓的过程中占有一席之地。与以人类为中心的《旧约·创世记》不同，

《波波尔乌》中创世事件所发生的地点和时间具有鲜明的神话和生态学色彩。我一直认为，位于墨西哥南下加利福尼亚州的圣伊格纳西奥潟湖——鲸鱼们在那里交配、诞育幼崽——就是灰鲸被创造出来的地方，这非常符合玛雅人的信仰。《波波尔乌》的开端是玛雅众神在原初之海的黑暗中悸动，其结尾是创建基切王国的玛雅君主的光辉。通过描摹在陶器上、凿刻在石碑上和绘制在抄本中的图像，我们可以看到创世者、七鹦鹉、天之心－地之心、羽蛇神、形如凯门鳄的神明、猿猴书吏、起舞的犰狳、美洲豹和信使猫头鹰。还有下界西巴尔巴的众神，他们的头颅和关节没有血肉，端坐在骨制的王座之上。最初的先祖被称作玉米人。站在暗影之中的我们每天都能看到原初之海的光明。在这生命的曙光里，人间乐土被打造出来，这是一座由众神、人类、鸟兽和草木共享的伊甸园。

百兽创世

（根据《波波尔乌》创作）

穿过空旷的黑暗，

越过静止的天幕，

掠过火红的金刚鹦鹉——

天已破晓：而金莺

碧眼如绿松石珠，

开始光明的独舞。

参天的木棉树，

号称"百鸟之母"，树上出现

一只骨瘦如柴的蜘蛛猴，

XVI　　晃荡着私处——还有吼猴

将预言在黎明之镜上书写，

夜枭在死神的手臂上停歇。

凯门鳄潜藏在河岸，

背上布满天空的斑斓，

满口利齿的美洲豹

追逐逃窜的鹿；

鹰击长空，遥望地平线——

一切皆是羽中梦：黄绿交缠。

接着，水、陶土和木头

变成女人和男人：

太阳的后裔，

丛林与山峦的儿女，

他们的双眼可以自观，

他们的声音命名百兽。

XVII

天之心，海之心，

地之心，三心如一；

一切有羽翼的生灵，

水中和地上的生灵，

都得以存在、呼吸、爱、留下身影。

日复一日，重新创造生命。

——本诗英文版由凯瑟琳·杰米根据

安妮·麦克莱恩直译自西班牙语的译文创作

《波波尔乌》讲述了连续五次的创世尝试：高山、水道、树木最先诞生，接着是口不能言的百兽百鸟，之后是无法维持身形的泥人。在此之后出现的，是没有灵魂、将众神忘诸脑后的木人，最后才是如今的人类。与之相似的是，阿兹特克人也将他们的过去与未来划分为五个前后接续的太阳周期。根据阿兹特克传说，第五个太阳纪名为"四震"，也就是如今这个纪元，该纪元将在地震中终结，届时，名为契契米特尔的暮光怪兽们将吞噬所有幸存的人类，统治整个世界。

从远古开始，每天出现在天幕上的太阳（以及接替它的月亮）就被视为代表稳定的因素，对人类的生活至关重要，在充满不可预知事件的世界里，某些变化有明显的缘由，有些却没有，唯有太阳始终如一。这有助于我们理解为何太阳在那么多文化中都被奉为神明。晚上太阳去了哪里？是像某些神话中所说的那样，去往下界或地底的通道了吗？前哥伦布时代的文明观察且崇拜天体，在他们看来，天空中的事件对于他们的日常生活和命运有着压倒性的影响。

在《古代墨西哥的观天者》中，安东尼·F.艾维尼写道："从逻辑上说，古代中美洲人在天文学和数学方面取得的卓越成就符合其文明演化的进程，那是一个极其崇拜苍穹、坚信他们观测到的天体运行与人间事物发展存在密切联系的文明。"通过观察天象，玛雅人创建了当时最复杂也最精确的历法。艾维尼指出："对玛雅人而言，kin 这个单词就有时间、日子和太阳几层意思。这个词的含义和象形写法表明，记录时间的技艺与天文学活动有着密不可分的关联。"

玛雅宗教属于多神信仰，并且相信万物有灵论，即一切事物——动物、河流、植物、岩石、天气现象——都有生命，都在与超自然力量沟通。神圣性在玛雅人的生活中无处不在，仪式更是家常便饭，包括家中的仪式和集体的仪式。农业活动在他们的神话中占据中心地位。要想理解神话与仪式的关系，那就有必要看看神话通过叙事所传达的信息与仪式通过行动所传达的信息是否一致。

在最终的创造中，神用黄玉米和白玉米造出人类，将玉米与人的血肉等同起来。玉米神胡恩-胡纳赫普为人类提供食物；反过来，人类必须通过祷告和血祭来供养宇宙，比如用放血来赎罪、用活人来献祭，以此作为获得生命这份礼物的酬谢。在中美洲的大部分地区，玛雅人将自己的鲜血敬献给神，通常是用龙舌兰的尖刺、黄貂鱼脊骨、鲨鱼牙齿、黑曜石匕首或类似的物品刺穿身体的某个部分取血，比如耳垂、手肘、舌头或阴茎。

玉米的生长周期就是对生命本身的隐喻。时至今日，收获的玉米穗依然会被保存起来供来年播种，与前哥伦布时代别无二致。玉米死去了，等播种到地里却又会重生。大约九千年前，在墨西哥西南部的中央巴尔萨斯河谷，玉米（拉丁文

学名 *Zea mays*）由一种名为类蜀黍的野生植物驯化而来，并从那里向外传播。危地马拉的新规定为包括玉米种子在内的转基因生物进口打开了大门。自2009年起，跨国公司获得了在墨西哥种植转基因玉米的许可。2020年春通过的一部法律为六十四个本土玉米品种提供了有限的保护，规定所有在墨西哥境内生产和销售的玉米必须标明是"本土品种"还是"杂交品种"。贴上"杂交"标签的转基因玉米依然允许进入市场，三分之一消耗的玉米来自进口，其实大部分都是转基因玉米。十余年来，墨西哥的许多组织一直打着"没有玉米就没有国家"的口号奔走呼号。

XX

与此同时，《波波尔乌》中提及的动物都是中美洲的地方物种。如今，其中许多物种都因滥伐森林、毁灭性的发展项目、道路建设、大规模牧牛、采矿、生态系统破坏和野生动物走私等人类活动而濒危。在墨西哥，所谓的"玛雅铁路"计划穿过东南部的五个州，这将对当地数不清的动植物品种造成难以想象的伤害。超过两千只美洲豹——占全墨西哥美洲豹总数的一半——将因该项目而陷入危机。

《波波尔乌》中的动物包括白唇西猯、美洲狮、长鼻浣熊、白尾鹿、棉尾兔（后面这两种动物之所以尾巴短，是因为英雄双生子当初捉它们的时候扯断了它们的长尾巴）、蝙蝠（其中一只在西巴尔巴的蝠洞里斩下了胡纳赫普的头颅）、土狼、响尾蛇和蝮蛇、癞蛤蟆、雀鹰等等。胡纳赫普和希巴兰克同父异母的双胞胎兄长胡恩-巴茨（意为"一猿猴"）和胡恩-丘文（意为"一工匠"）是猿猴书吏，他们是书写、美术、歌手和吹笛手的守护神。"巴茨"（b'atz）在许多玛雅语言中都是"蜘蛛猴"的意思，而"丘文"（chuen）在尤卡坦玛雅语中兼有"吼猴"和"工匠"之意。书中没有出现驮畜。

在《波波尔乌》中，最初被创造出来的四位人类始祖中有三位的名字里都有"巴兰"（Balam），这个词的意思就是美洲豹。英雄双生子在西巴尔巴走进"豹穴"巴兰米哈，将骨头丢给这些野兽啃食，因而得以幸存。当始祖们拿活人去献祭，将鲜血泼洒在路旁，将头颅堆成一堆时，他们谎称是美洲豹所为。

美洲豹（拉丁文学名 *Panthera onca*）是在晨昏时分活动、目光锐利的狩猎者，是中美洲最恐怖的掠食者。作为食物链顶端的食肉动物，美洲豹在滂沱大雨中怡然自得，在雾林、河流、沼泽、高山和岩洞中无拘无束。在玛雅人眼里，美洲豹被视作黑暗与下界的象征，备受尊崇，在雕刻、石碑、俑像、陶器、抄本和壁画中都占据着重要位置，人们为供奉它而建起了许多神庙。西巴尔巴的豹神被认为是夜间在下界穿行的太阳。美洲豹身上的斑点被视作夜空中群星的化身。美洲豹也是重要的萨满教生物。作为玛雅统治者权力的象征，它们常常是国王的那瓦尔——由元神凝聚而成的灵兽。

今天，美洲豹面临的威胁主要是栖息地遭到破坏、猎物被过度捕杀、与牧场主之间存在冲突以及野生动物贸易。美洲豹在墨西哥和中南美洲所遭遇的最大危险来自黑市：它们的牙齿变成了首饰，皮毛成了衣袍和地毯，就连骨头也是一味中药材。

《波波尔乌》中提到的鸟类包括鹰、隼、渡鸦、红头美洲鹫和长尾鹦鹉。库库玛茨王与造物者库库玛茨同名，而库库玛茨的意思是身披绿咬鹃羽毛的长蛇。华美的绿咬鹃是危地马拉的国鸟，雄鸟璀璨的蓝绿色尾羽可长达三英尺。正因为对自己美丽的火红羽衣过分自得，那位名叫乌库伯-卡基什（意为"七鹦鹉"）的神才招来了自己的覆灭。猫头鹰原是下界众神的信使，后因帮助希基克公主逃过死劫而摆脱了下界的束缚。

从公元前2千纪中期开始，中美洲的许多城市便开始举办仪式性的蹴球比赛。参赛者们用上臂、胯和大腿击打一个橡胶球，使之弹在球场的墙壁上，目标是让球穿过墙上伸出的石环。这项运动禁止用手，参赛者要佩戴护具。落败一方往往会被献祭。有些学者认为，蹴球比赛是对战争的隐喻，也是对善恶之争的重现。

蹴球比赛对《波波尔乌》中的事件发展十分关键。孪生兄弟胡恩-胡纳赫普和乌库伯-胡纳赫普整日玩球吵闹，因而被觊觎他们比赛装备的下界众神召唤到了西巴尔巴。遭到下界众神的欺骗后，孪生兄弟被献祭、被掩埋，胡恩-胡纳赫普的头颅被挂在一棵树上。

他的颅骨向其中一位下界神的女儿手心啐了一口唾液，随后，她设法逃出下界，诞下了英雄双生子胡纳赫普和希巴兰克。在一只老鼠的帮助下，兄弟俩找回了当初父亲和叔父藏起来的橡胶球和其他蹴球装备，成了技艺高超的蹴球手。再一次，下界众神听到球场上传来比赛的喧哗之声，于是对胡纳赫普和希巴兰克发出了召唤。在一只蝙蝠咬掉胡纳赫普的头颅之后，众神将他的头颅高悬在球场上，希巴兰克用金丝瓜取而代之，取回了兄弟的头颅，并且在蹴球比赛中以智谋战胜了众神。于是乎，这种特别的蹴球比赛便成了关于生命、死亡与重生的隐喻。

XXIII

　　古代玛雅人认为，岩洞和天然溶井是下界的出口。

　　在后古典期，人们认为统治者在洞穴里降生，从洞穴来到人世间。在库玛尔卡赫，城市主广场下方有一个七穴岩洞，它象征高阶神明的居住地，赋予了基切国王统治的权力。约1400至1425年间，基切帝国历史上最伟大的统治者库库玛茨王统治库玛尔卡赫，据说他曾深入下界，这反映了王权与超自然力量之间的关联。

　　特奥蒂瓦坎拥有庞大的太阳金字塔、月亮金字塔和羽蛇神庙，在大约公元150至650年之间，它是世界上最大的城市之一，也是一个地区性帝国的中心。在这座城池荒废倾圮数个世纪之后，墨西卡人给它起的纳瓦特语名字可以翻译为"人可能成为神的地方"。

众神在特奥蒂瓦坎会面，商议要创造第五个太阳的世界。经过斋戒和放血仪式，其中两位神明纵身跃入火堆，变成了太阳和月亮。但是，每当他们在天空中止步不前，其他神祇便要献祭自己，以维持天体的运行。从此，为了不让宇宙停滞不动，人类需要持续用鲜血供养它，以此模仿神明、分享神性。

太阳金字塔下的人工洞窟以及金字塔本身的建造始于 5 世纪中期，持续了近两百年。1971 年，墨西哥考古学家偶然发现了下面的洞窟。2004 年，我靠步行和爬行通过长达三百三十英尺的蜿蜒隧道，进入了金字塔顶正下方宽阔的四室空间。在这个被称为"四瓣花"的洞窟里，墨西哥国立自治大学的科学家们正在为确认一个猜想而开展研究，即这个洞窟象征着第五个太阳降临世间的地方——宇宙的子宫。

二元对立的观念在中美洲文化里根深蒂固。雄／雌、生／死、昼／夜、日／月、天／地、火／水，这些概念都是成对出现。二元性在《波波尔乌》中反复出现。在成对的神明中，有黎明祖母希穆卡内和白昼祖父希皮亚科克，有创世及造物者特佩乌和库库玛茨，有蹴球高手胡恩－胡纳赫普和乌库伯－胡纳赫普（希皮亚科克与希穆卡内诞育的孪生兄弟），有骗术高手胡纳赫普和希巴兰克（胡恩－胡纳赫普与下界神之女希基克公主诞育的、拥有半神血统的英雄双生子），有背信弃义的胡恩-巴茨和胡恩-丘文（胡恩-胡纳赫普与希巴基亚洛诞育的孪生兄弟，后来被同父异母的弟弟们变成了蜘蛛猴，同雨林里没有灵魂的木人的后裔生活在一起），还有高傲自大的希帕克纳和卡布拉坎（自吹自擂的乌库伯-卡基什与奇马尔马特诞育的两个儿子）。

西巴尔巴的诸位死神同样成双成对：胡恩-卡魅和乌库伯-卡魅，西基里帕特和库楚马基克，阿哈尔普赫和阿哈尔卡纳，查米亚巴克和查米亚霍隆，阿哈尔魅斯和阿哈尔托克托伯，以及基克西克和帕坦。

另外，《波波尔乌》中提及的许多基切人都是兄弟或姐妹，比如科卡威伯和科卡比伯；或是成对出现的国王，比如基卡伯和卡维兹玛赫。

玛雅人相信，是不同品种和颜色的树木支撑起天空：太阳诞生的东方长着红树，带来冬日冷雨的北方长着白树，太阳逝去的西方长着黑树，太阳最灿烂的南方长着黄树，正中央则长着一棵宏伟的绿树——一棵木棉。木棉是世界之树，它的枝叶在诸天舒展，主干矗立在大地之上，根系则深入下界幽冥。倘若我们砍倒这棵木棉，天幕就会在我们头顶轰然倒塌。

本书用精巧的笔触，重述了一个情节复杂且常常让人困惑的传说，大量角色次第登场，令人目不暇接。作为杰出的西班牙语文化学者，依兰·斯塔文斯以全新的视角和不可或缺的博学对《波波尔乌》加以研究，精妙地再现了最初版本的内容和质感，在保留其魔力和魅力的同时，也使其能够为更广泛的读者群体所接受。《波波尔乌：插图重述版》凭借其出色的艺术技巧，展现了这个宏大故事在美洲人文化意识里的中心地位，凸显了故事所传递的信息的紧迫性。

奥梅罗·阿里迪斯　贝蒂·费伯

奥梅罗·阿里迪斯是国际知名的诗人、小说家、外交官和环保活动家，同时也是《另眼相看》《1492：卡斯蒂利亚的胡安·卡韦松的生平与时代》和《地球新闻》等多部书的作者。他曾任国际笔会主席及墨西哥驻联合国教科文组织大使。他在全球范围内积极呼吁人们欣赏本土文化、提高环境意识。

角色表

世间众神

天之心-地之心　对创世神的诗意称呼

胡拉坎　这位力量能摇撼整个自然的神，与奇皮-卡库尔哈和拉夏-卡库尔哈共同
　　　构成了三位一体的天之心-地之心

希穆卡内和希皮亚科克　黎明祖母和白昼祖父

创世及造物者，又名**特佩乌和库库玛茨**

胡恩-胡纳赫普和乌库伯-胡纳赫普　双生子，**希穆卡内和希皮亚科克**的儿子

胡纳赫普和希巴兰克　英雄双生子，胡恩-胡纳赫普与希基克的半神儿子

胡恩-巴茨和胡恩-丘文　乐师，胡恩-胡纳赫普较为年长的儿子，与希巴基亚洛

所生

希巴基亚洛　育猴者

希基克公主　下界神库楚马基克之女

乌库伯-卡基什，又名**七鹦鹉**

奇马尔马特　七鹦鹉之妻

希帕克纳　狡黠、工于心计、诡计多端，与举手投足让大地震动的卡布拉坎同为
　　乌库伯-卡基什和奇马尔马特的孩子

下界众神

胡恩-卡魁和乌库伯-卡魁　西巴尔巴的最高立法者

西基里帕特和库楚马基克　负责让人呕吐

阿哈尔普赫和阿哈尔卡纳　让腿部和面部的皮肤流脓

查米亚巴克和查米亚霍隆　西巴尔巴的治安官，让人变成骷髅

阿哈尔魁斯和阿哈尔托克托伯　负责引发心脏病

基克西克和帕坦　负责制造交通事故

基切人

巴兰-基策、巴兰-阿卡伯、马胡库塔赫和伊基-巴兰　　最早被创造出来的人类

卡哈-帕鲁娜、丘米哈、祖努妮哈和卡基夏哈　　最初四个男人的妻子

希塔赫和希普奇　　出身贵族的未嫁女

科卡威伯和科卡比伯　　巴兰-基策的儿子

库阿库斯和科阿库特克　　巴兰-阿卡伯的儿子

库阿豪　　马胡库塔赫的儿子

纳克希特　　东境之王

科纳切和贝勒赫伯-凯赫　　第四代王

科图哈王和伊兹塔尤斯王，又名阿赫波普和阿赫波普-坎哈　　名为奇伊斯马奇的美
　　丽城池的统治者

库库玛茨王　　第五代人类，基切王国古往今来最伟大的领袖

基卡伯和卡维兹玛赫　　库库玛茨王预言中的两位伟大国王

吉卡伯和卡薇兹玛赫　　向希梅内斯神父讲述《波波尔乌》的两个女孩

舒鲁和帕坎　　先知

其他偶像神

托希尔 代表代价、债务、义务或贡品，但也有雷霆的意思

阿维利什 有时以年轻男子的形象出现

哈卡韦茨 与托希尔、阿维利什和尼卡塔卡赫共同组成了四大偶像神

尼卡塔卡赫 四大偶像神中的第四位

XXX

白 人

弗朗西斯科·希梅内斯神父 蓄须白人中的疗愈者，用西班牙语将《波波尔乌》
记录下来

鸟 兽

谢科特科瓦齐 红头美洲鹫

卡玛佐茨 吸血蝙蝠

科茨巴兰 美洲豹

图昆巴兰 美洲狮

塔马祖斯 癞蛤蟆

萨基卡斯 蛇

洛茨基克 雀鹰

希祖斯 蜈蚣

奇提克 犰狳

雅克 狐狸

乌提武 郊狼

凯斯 长尾鹦鹉

EMPIEZAN LAS HIS
TORIAS DEL ORIGEN DE LOS INDIOS DE
ESTA PROVINÇIA DE GVATEMALA
TRADVZIDO DE LA LENGVA QVI
CHE EN LA CASTELLANA PA
RA MAS COMMODIDAD DE
LOS MINISTROS DE EL
S.to EVANGELIO

POR EL R.P.F. FRANZIS
CO XIMENEZ CV
RA DOCTRINERO POR EL REAL PATRO
NATO DEL PVEBLO DE S.to THOMAS CHVILA.

《波波尔乌》西班牙文首版卷首页

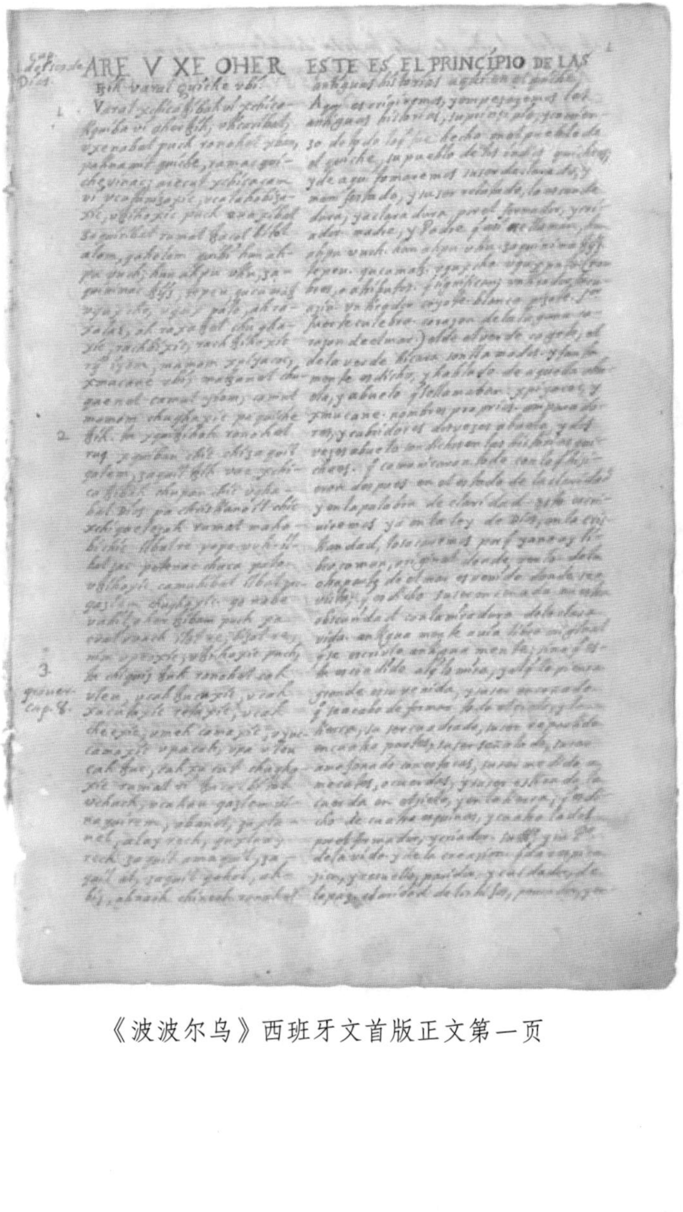
ARE V XE OHER ESTE ES EL PRINCIPIO DE LAS

《波波尔乌》西班牙文首版正文第一页

Popol Vuh

波波尔鸟

Man ixtzaq pa le qajib'al

Je ri' pa le paqalik re le b'e.

Man kiraq ri k'axk'olil,

man chikij man chi kiwach,

man jun sutaq ke'ixuq'osij.

Yab'a chike utzilaj taq b'e,

Je'lalaj taq kolom b'e.

（基切语）

Que no caigan en la bajada,

ni en la subida del camino.

Que no encuentren obstáculos,

ni detrás ni delante de ellos,

ni cosa que los golpee.

Concédeles buenos caminos,

hermosos caminos planos.

（西班牙语）

Let them not stumble on the descent,

nor as they ascend the path.

Let them not encounter hurdles,

neither behind nor in front of them,

nor anything that hurts them.

Allow them fine paths,

beautiful, even roads.

（英语）

愿他们走下坡路时别跌倒，

走上坡路时也别摔跤。

愿他们行路顺畅不受阻挠，

不论面前还是背后都不要，

让艰险危难离得越远越好。

请赐予他们好走的路：

幽美小径，甚至康庄大道。

——《波波尔乌》

序曲

基切人的日暮已经降临。我们的土地遭到掠夺，我们的领袖被迫投降，我们的儿女也被掳去。我们不得不背井离乡。我们不得不缄默不语。

我讲述 ojer tzij*，即这些古老世界的故事，是为了再度点燃族人的心。我母亲将她从她母亲那里听来的故事说与我听，如此代代相传。这些故事讲述大自然如何在二元对立中确立秩序：真理与谎言，光明与黑暗，声音与寂静。人类在其间来回摇荡，如同永不止息的钟摆。

被诗意地称为"天之心－地之心"的创世神，从虚无中开创了最初的世界，随后打造出世间百兽的国度。眼见动物无法崇奉创世之功，神便制造出木人一族。

---

* 基切语，字面意思为"古老的词"。

但木人不会言说，也没有远见。创世及造物者决定重新造人，但也是屡遭失败之后才得以成功。也许我们人类也不过是又一次尝试的结果。人的心中有太多的傲慢和愤怒；或许某一天，比我们更出色的版本会应运而生。

创世之初，始分上下。下界被称为西巴尔巴，那是一座迷宫般的城池，按自己的规则存在。拥有半神血脉的英雄双生子胡纳赫普和希巴兰克在下界历尽艰险，从中可以看出，人世间的一切美好在西巴尔巴都是不祥之兆。

这些故事得以世代相传，仰赖的是我们这些被囚禁的基切人。它们源自我们的先祖，源自黎明祖母希穆卡内和白昼祖父希皮亚科克。今时今日，我们遵从上帝和基督教的新律法，我们的面孔被掩藏，织毯之书《波波尔乌》不再被人传扬，这可真让我们灰心失望。

希塔赫和希普奇，我对你们诉说，是想让你们再度施展魔力，一如往昔。最重要的是，让应该聆听的人听到这些故事。若说我是为躲避蓄须白人的打击而将这部著作隐藏起来，此言差矣。恰恰相反，我们的先辈曾受到修士的鼓励，甚至曾在修士的监督下讲述这些故事。素有"原住民捍卫者"之称的巴托洛梅·德·拉斯卡萨斯熟知我们的习俗，他在其著作《辩护简史》中探讨过这些内容。

经过漫长的口头传承，我们的故事被人用基切语忠实地记录下来。1554至1558年间，在危地马拉库玛尔卡赫废墟附近的圣克鲁斯，人们用多明我会和方济各会修士引入的拉丁字母写下了我们的故事。当时的基切统治者是胡安·德·罗哈斯和胡安·科尔特斯。记录这些故事，是为了让我们的族人团结一心，让他们找到寄托，同时打造一条抵抗之路，因为没有记忆的民族绝对无法在这世间立足。

然而，在经历数百次的流散之后，基切人已分崩离析，流落四方，他们已然将《波波尔乌》的教诲遗忘。不过，我们的传说并非尽数记载于此书之中。在另一部题为《托托尼卡潘之主的头衔》的基切语作品中，太阳被描绘成一位名叫胡纳赫普的年轻男子，月亮则是一位名叫希巴兰克的年轻女子。而《波波尔乌》并未强调性别之分。另外，我们也从墨西哥神话中汲取了一些理念。

愿我们重获力量，再现《波波尔乌》的辉煌。愿我们成为 qas winaq*——名副其实的由玉米养育的子民。

---

* 基切语，字面意思为"真正的人"。

Part I:
Creation

第一部分

创世

起初，一切平静安宁。天空的子宫内空无一物。一切静止无声。时间尚未开始。人类尚不存在。飞鸟、游鱼、螃蟹、树木、岩石、山洞、峡谷、草场、丛林，这些皆不存在。唯有天空和沉睡的水泽。

大地尚未显现。没有任何动静，没有一丝声响。唯有亘古暗夜。创世及造物者特佩乌和库库玛茨身在水中，四周清澈明净。他们披着青绿的羽衣。无所不能的天之心-地之心是他们的依托。

库库玛茨是一条身披绿咬鹃羽毛的长蛇，他与特佩乌展开了交谈。他们共同决定：当黎明到来时，人类将被创造出来。首先，他们要规划生命的创生。就这样，他们与天之心-地之心达成了一致意见。

特佩乌和库库玛茨继续商议。他们探讨关于生命的一切：如何创造光明，黎

明如何到来，由谁来提供食物。"就这样吧！没有黑暗就不会有光，没有寂静就不会有声响。让天空的子宫被填满！让水泽退去，腾出空地！让大地显现，让黎明出现在天地之间！时间必须自此而始，否则就不会有记忆。在造出人类之前，我们的创造毫无荣耀可言。只有他们会记得。"

于是，大地被创造出来。这是许多次反复尝试的结果，其间经历了无数试炼和磨难。创世及造物者也是语言的守护者，他们宣布："如此，大地成形。创世如雾，亦如云尘。水落山起，各显元神。山岳日渐高耸，峰峦连云接天。松柏随即出现，苍翠笼盖四野。"

库库玛茨满心愉悦地说道："天之心－地之心，你的祝福真是恩慈。你是三位一体的神：撼动自然的胡拉坎、奇皮－卡库尔哈、拉夏－卡库尔哈，三神合一。"

三位神明应声道："我等的工作业已完成。"

至此，谷地也已成形。时间由此肇始，水流很快开辟出自己的道路。现在，没有什么能阻止变革的进程。万物都处于持续的流变之中。高山上树木繁盛，万物尽善尽美。对话因思想而开始，而行动让思想成为现实。

兽被孕育出来。它们是丛林的护卫，是山中的精灵：鹿、鸟、美洲狮、美洲豹、长蛇、响尾蛇，它们都是大自然的住民和守护者。大自然从创世之初便属于它们，是它们让大自然气象万千。

创世及造物者所言一语中的，他们说："这些动物要在树林里独来独往吗？孤独是一种折磨。从今往后，就让它们成群相伴吧。丛林是百兽的家园。反之，百兽也让丛林变得完整。"

想法随交谈而生。天之心－地之心为群鹿划定家园。"群鹿啊，你们将在河边，将在胡尤伯－塔卡赫高原的峡谷中安睡。你们将在灌木丛和百草地间生活。你们将用四条腿行走，在丛林里繁衍生息。"此言一出，陆地上便有了群鹿的栖身之所，它们喜不自胜。

诸神为大大小小的百鸟指定家园。"你们将在树上栖居，在树上筑巢。你们将在枝头蹦跳，在那里繁衍生息。"很快，百鸟也筑起巢穴。

为动物们安顿好栖身之所后，创世及造物者便说："开口说话吧！去和你们的同类交流。颂扬我们的名字：天之心－地之心——胡拉坎、奇皮－卡库尔哈和拉夏－卡库尔哈，供奉我们为至高无上的神明吧。"

然而，鸟兽不会说话。它们只能发出尖厉的、粗哑的或者叽叽喳喳的叫声。它们没有语言，只会按自己喜欢的方式交流。

创世及造物者这才发现，他们的造物有口不能言。他们将心中的不悦宣之于口："这些造物无法说出我们的名字。这可不好。"他们又说："你们必须受到约束，因为你们不会说话。既然你们没有能力颂扬我们的名字，那么，你们觅食和栖息的地方只能是丛林和峡谷。你们将为其他造物服务，顺从于他们。你们必须接受自己的宿命：你们的肉将被当作食物。"

创世及造物者又尝试了一番，想让百兽开口说话。可它们依然无法理解彼此。他们只得作罢。

创世及造物者开始了新的尝试。"黎明快要来临。我们怎样才能让自己的名字得到传扬、被后世铭记呢？我们创造的生灵无法赞美我们。该由谁来呼唤我们的名字呢？让我们再试一试，造出恭敬的生命为我们充当仆从吧。我们必须为自己想个办法！"

又一番创造开始了。神用黏土捏出人身。但他们发现，黏土捏成的人并不理想：它软绵无力，不会动也不成形。泥人的脑袋没有立体感，五官也不匀称。泥人看不见东西，也不能倒退行走。这些造物能够开口发声，但却没有理解能力。很快，他们的头脑就成了一团潮湿的泥泞。泥人无法站直身体。就这样，他们坏掉了。创世及造物者说："这些造物显然无法繁衍。让我们再做打算，好好商量一下该如何是好。"

创世及造物者毁掉了他们的作品。他们说："有没有办法完善我们的造物，让它感激我们、颂扬我们、供奉我们呢？让我们求助于黎明祖母希穆卡内和白昼祖父希皮亚科克吧。他们将借助玉米粒和刺桐*籽的力量来决定造人的原料。"

胡拉坎、特佩乌和库库玛茨高声道："我们必须联合起来找到造人的办法，让人来赞美我们、供养我们、铭记我们。黎明祖母希穆卡内，白昼祖父希皮亚科克，让我们造出明理的人类吧。让你们的本性展露真容吧！"

"明理的人必须能够区分真相与谎言，能知对错，能辨善恶。明理的人必须谦卑。明理的人必须懂得变通。他们必须在思考中成长。"

---

* 指珊瑚刺桐，又名龙牙花，拉丁文学名 *Erythrina corallodendron*。

希穆卡内和希皮亚科克施展预言的神力。他们向玉米粒和刺桐籽发问："听我等号令，加入谈话吧！告诉我们，用木头雕刻人类是否合适。木人会颂扬创世及造物者吗？他们会在日暮时分怀想我们吗？如果做不到，他们将立刻被毁灭。同我们联手吧。思想必须化为行动。不要耽误特佩乌和库库玛茨的工夫。"

玉米粒和刺桐籽宣布："你们的木人很不错。要给他们成长的机会。他们将在大地上开口说话。就这样吧。"

于是，木人获准被创造出来。

时光流逝，动词变位也随之出现。过去层层堆叠，未来不可预见。

木人的模样与人类相似，也同人类一样说话。他们繁衍生息，诞育子女。然而，他们既没有灵魂，也没有理解能力。对于创世及造物者，他们并未铭感于心。他们没有记忆。他们用四肢行走，漫无目的。

他们也不记得天之心-地之心。众神给了他们机会，但他们却让众神蒙羞。创造木人终究只是一次预演，是造人过程中一次失败的尝试。虽然木人能说出词语，但他们没有语言。他们也没有判断力。另外，他们没有血液，周身苍白。

这就是曾经的人类种族。有人说，他们就是矮人，也可能是侏儒精——至今仍栖息在灌木丛中和庙宇附近的顽劣生物。他们生活在黑暗中，渐渐变成了石头。但是，基切人并不相信这些说法。

木人一族的死期到了。天之心-地之心召来的洪水让他们的内芯腐烂，最终将他们彻底摧毁。

　　木人族第一个男人的身体是用刺桐籽做的，第一个女人的身体是用香蒲*秆做的。

　　然而，他们也从不谈论他们的创世及造物者。因此，他们也被毁掉了。一场沸腾的暴雨从天而降，红头鹫谢科特科瓦齐俯冲下来，啄去木人的眼珠。吸血蝙蝠卡玛佐茨前来，咬下他们的头颅。美洲豹科茨巴兰将他们吞进肚里。美洲狮图昆巴兰则将他们敲骨吸髓。这是他们应得的惩罚，因为这些造物从不记挂他们的

---

* 指宽叶香蒲，拉丁文学名 *Typha latifolia*。

父母——天之心-地之心。天色暗了下来。大雨日夜不休。在沸腾的雨水之后，黑雨倾泻而下。

大大小小的动物都赶来惩罚木人。就连石块和木棍也跳起来打他们的脸。饱受木人折磨的各种器物——水罐、煎玉米饼的鏊子、盘子、石磨、锅碗瓢盆——都来控诉他们，甚至连狗也参与其中。它们都对木人大加谴责。

畜栏里的动物们说："你们当着创世及造物者的面伤害我们。别想再吃我们的肉。现在轮到我们吃你们了。"

石磨说："你们整日整夜地磋磨我们。每天清晨在我们脸上碾玉米，让我们嘎吱嘎吱响个不停。现在你们也要承受相同的命运。我们要砸烂你们的身体。"

狗也开口说道："你们为什么不喂我们？我们眼巴巴地望着你们，你们却把我们赶开，总是拿着棍棒要痛打我们。你们虐待我们，就因为我们不会说话。你们为什么一点也不在意？你们只想着自己。你们为什么不想想其他的生命？现在我们要用尖牙撕碎你们，吃了你们。"

锅碗瓢盆和玉米饼鏊子也满腹怨言："你们害得我们好苦。我们天天被放在火上炙烤，被无情地灼烧。现在你们也尝尝同样的滋味吧。"

在绝望中，木人慌不择路，四处逃窜。他们想爬到房顶上，可房屋轰然倒塌，把他们甩到地上。他们想爬到树上去，但树木不让他们攀缘。他们想躲进山洞里，但山洞闭紧入口，将他们拒之洞外。

　　失去希望的木人死去了。他们的后代是森林里的猿猴。猿猴看起来像人，这就是它们血脉的证明。

虽然大地一片光明，可是天空中依然没有太阳和月亮。不过，乌库伯-卡基什（即"七鹦鹉"）正在自吹自擂。早在木人被洪水摧毁前，他便已出现在这世间。

乌库伯-卡基什宣称，他是即将被洪水淹没的木人一族的引路者："我高居在神明造物之上，我华美无双，既是太阳也是月亮。我的壮丽神采永不衰败。我的双目乃是纯银打造，辉煌灿烂如翡翠珠宝。我的皓齿乃是玉石琢就，我的鸟喙熠熠生辉，从远处看也闪耀华光。当我走下黄金宝座，我的光芒便普照四方。"

其实，乌库伯-卡基什既不是太阳也不是月亮，他只是在炫耀自己的羽衣和财富。他的确拥有无数金银，但他并不能看到地平线之外的远方，他的身躯也无法笼罩整个世界。

就在这时，洪水暴发，吞没万物。百兽生灵被尽数淹死。一个古老的故事讲道，有个被选中的男孩变成了太阳，一只老蝙蝠分开山谷，让洪水泄出。但是基切人知道，这些传说都不准确。下一章将细说乌库伯-卡基什的毁灭。

5

傲慢的乌库伯-卡基什睥睨天下，击败他的是两个年轻人——耀眼的孪生兄弟胡纳赫普和希巴兰克，他们是胡恩-胡纳赫普和希基克诞下的双生子。二人擅用吹箭筒的好本领至今仍赫赫有名。他们勇气非凡，法力也无人能及。

胡纳赫普年纪略长，相貌英俊，皮肤上有一些斑点。希巴兰克和他一样俊美，但心思更加细腻，身上斑点的颜色更深。他们是半神，是天下无双的吹箭筒高手，也是基切文明的奠基者。我们的记忆全拜他二人所赐。

眼见乌库伯-卡基什作恶，胡纳赫普和希巴兰克说："这绝不是什么好事，更何况神还等着创造人类呢。我们要趁乌库伯-卡基什吃东西的工夫，用吹箭筒把他打下来，让他好好吃点苦头。他引以为傲的所有财富都将化为乌有，包括他小心看守的珠宝、翡翠、金银和其他珍稀的金属。我们要以他为例，以儆效尤。在神的力量面前，谁也不能虚荣。"

乌库伯-卡基什膝下有两子：一个是工于心计、精于谋算的机灵鬼希帕克纳，求生的本能让他诡计多端；另一个是更加粗暴易怒的卡布拉坎，他好似地震一般。这两个孩子都以狂妄自负而著称。事实上，父子三人被合称为"不可一世帮"。

两个孩子的母亲名叫奇马尔马特。我们对这位神秘的女神几乎一无所知。

希帕克纳爱在崇山峻岭之间嬉戏：奇加格山、豪纳赫普山、佩库斯亚山、希卡努斯山、马卡莫伯山和胡利兹纳伯山。这些高山那时便都存在于世，是希帕克纳在一夜之间将它们造出。

卡布拉坎可以移动山峦。正是因为他，大大小小的山峰才会震颤。两个孩子与乌库伯-卡基什一同宣扬自己的丰功伟绩。乌库伯-卡基什宣告："这就是我。我就是太阳。"

希帕克纳宣称："我是大地的创造者。"

卡布拉坎宣布："而我是撼天动地的震地者。"

胡纳赫普和希巴兰克不愿袖手旁观。他们从父子三人的言行中觉察到了邪恶的气息。他们决定设计杀死乌库伯-卡基什、希帕克纳和卡布拉坎。

034 险的战斗拉开了序幕。这是一场为秩序和稳定而开展的战斗，一场依靠魔法的战斗。

乌库伯－卡基什有一棵金匙木 *。他每天都会攀上枝头，采食树上的果实。事先探明他的行踪之后，胡纳赫普和希巴兰克便藏在金匙木下，埋伏在茂密的树冠里。

前来觅食的乌库伯－卡基什被胡纳赫普用吹箭筒射中了下巴。他惨叫着摔落在地。

胡纳赫普飞奔上前，想要制服他，但乌库伯－卡基什比英勇的双生子更胜一筹。

---

* 指厚叶金匙木，拉丁文学名 *Byrsonima crassifolia*。

面对胡纳赫普的攻击，乌库伯-卡基什用力将他拉到一边，顺势将他从肩头摔过去，硬生生地扯断了胡纳赫普的一只臂膀。

乌库伯-卡基什一路哭号着回到家中，一只手拿着胡纳赫普的断臂，另一只手捂着自己的下巴。

"出什么事了？"他的妻子奇马尔马特问道。

"两个恶魔用弹珠打中了我的下巴，我的下巴脱臼了，牙齿也松了。疼死我了！好在我扯掉了他们的一只胳膊，我们可以用火烤来吃。就把它吊在火堆上吧。那两个恶魔肯定要来寻它的。"

胡纳赫普和希巴兰克也在思考对策。他们前去请教一对老者——老妇人萨基尼玛奇和老先生萨基尼玛斯。事实上，他们正是乔装打扮的创世及造物者。

双生子对他们说："请随我们一同前往乌库伯-卡基什的宅邸。我们要去找乌库伯-卡基什拿回我们的手臂。世界属于你们。我们将追随你们。到了那里，你们就说我们是你们的孙子，我们的双亲已不在人世；就说我们一直跟随你们生活，我们唯一的本事就是取出让人牙疼的虫子。你们就这么对他说。这样乌库伯-卡基什就会相信，我们只是需要提点的年轻人。"

"如此甚好。"两位老者说道。

一行四人出发了。双生子脚步轻快地跟在萨基尼玛奇和萨基尼玛斯身后。他们来到乌库伯－卡基什家中，他正坐在宝座上痛苦地呻吟。他问道："老家伙，你们从哪里来？"

"我们腹中饥饿，大人，"萨基尼玛奇和萨基尼玛斯答道，"我们想讨口吃的。"

"你们要吃什么？陪你们来的是你们的孩子吗？"

"噢不，大人。他们是我们的孙儿。我们可怜这无父无母的孩子，无论您赏什么吃食，我们都会分他们一口。我们想找份活干。我们会治病呢。"

由于下巴疼得厉害，乌库伯－卡基什几乎说不出话来。

"能治什么病？"

"大人，我们能除掉让人牙疼的虫子，能治眼病，还能正骨复位。"

"给我治治牙吧。它们整日整夜地疼，折腾得我一刻也不得安生。我这伤是两个恶魔干的，他们用吹箭筒射中了我。我没法吃东西了。可怜可怜我，给我看看牙吧。"

"遵命，大人。"

乌库伯－卡基什坐在宝座上，张开血盆大口。两位老者瞧了一眼便道："是有一条虫子让您牙疼。我们必须将您的牙齿拔光，再换上新的。"

"你们不能拔我的牙，因为我是尊贵的神。我有万贯家财，有金银珠宝，但我的宝贝不仅在我身边，也在我身体里：我的牙齿和眼睛也是宝贝。"

萨基尼玛奇和萨基尼玛斯答道："我们会用碎骨雕一套新牙换上去。"

事实上，所谓的碎骨只是白色的玉米粒。

"给我治吧。"

他们将白玉米粒放进乌库伯－卡基什的嘴里。刹那间，他的风姿荡然无存，再也没有神明般的气度了。他们又挖出他的双眼，治好了他的眼疾，也让他的财富烟消云散。

乌库伯－卡基什再也没有了任何感觉。胡纳赫普和希巴兰克眼看着他死去，看着他的全部财富化为乌有。他再也没有傲视天下的资格。奇马尔马特也随之死去了。

这时，萨基尼玛奇和萨基尼玛斯褪去伪装，露出天之心－地之心的真容。他们收回所有的财宝，按公平之道将其播撒在世间。

7

库伯-卡基什狡诈的长子希帕克纳是山峦的缔造者，他的性情难以捉摸，和父亲一样热衷于炫耀自己的神力。一天，他正在河里舒舒服服地洗澡，突然看见四百个汗流浃背的男孩拖着一根巨大的圆木经过。

"这是在干什么？"希帕克纳问道。

"这是一根圆木，但它太沉了。不管我们费多大力气，都很难推动它。"

"我刚好洗完澡，我来帮你们吧。你们要这东西来做什么？"希帕克纳问道。

"给我们的房子铺地基。"

希帕克纳将圆木扛在肩上，运到男孩们打算盖房子的地方，放在房门口。

男孩们对他表示感谢。"留下来和我们一起吧。你可真能干。你的父母在哪里？"

"我的父母都没了。"

"那我们可以和你做伴吗？我们明天还要再拉一根圆木，也是用来搭这房子的。你愿意帮我们吗？"

"好啊。"希帕克纳应允道。

男孩们聚在一起，商量关于希帕克纳的问题。"我们有办法打败他吗？"他们想出了一个主意："我们现在就去盖房子的地方挖一个深坑。既然他那么强壮，我们就劝他，说他最适合到坑底去铺木架。等他一下去，我们就从上面丢一根圆木下去，当场把他砸死。等他的尸体腐烂，就会招来蚂蚁，看到蚂蚁我们就知道，他确实死透了。"他们还打算用甜饮料来庆祝胜利的时刻，要么用发酵的莓果、甘蔗或玉米酿成的奇恰酒，要么用蜂蜜和巴尔切 * 树皮发酵而成的巴尔切酒。

于是，男孩们挖好深坑，然后呼唤希帕克纳：

"麻烦你，帮我们下去挖土吧，我们只能挖这么深啦。"

等希帕克纳下到坑底，男孩们问道："你到最底下了吗？"

"到了！"希帕克纳回答。但男孩们不知道的是，他又挖了一个用来藏身的洞，因为他早就怀疑他们对他起了杀心。在修造建筑的时候，事先留一个备用出口总

---

* 可能指醉鱼豆，拉丁文学名 *Lonchocarpus violaceus*。

是明智的。

"你在哪儿呢？"男孩们在洞口喊道。

"我还在挖呢。等我挖好了就告诉你们。"

话虽如此，但他可不是在自掘坟墓。

等希帕克纳在第二个地洞藏好之后，他终于对男孩们喊道：

"快下来把我挖的土运上去。我没法挖太深了。你们能听见我说话吗？你们的话、你们的叫喊就像回声一样，我得靠声音才知道你们在哪里。"

男孩们将一根圆木砸了下来。圆木落在洞底，发出雷鸣般的响声。

"都别作声。"说完这句话，他们便静静等候。洞里没有一丝声响。"那个恶魔死了。我们成功了。蚂蚁会确认我们已经心里有数的结果。"男孩们欣喜若狂，开始尽情地庆祝："让我们在未来三天里痛饮甜酒！"

等他们都喝醉了，蚂蚁也悄悄爬进建筑里。酷醉的男孩们没有发现它们。

希帕克纳在遥远的地底细听他们的宴饮之声。他倒是看见了那些蚂蚁。第二天，蚂蚁的数量更多了，地洞里和圆木上到处都爬满了蚂蚁。这时，男孩们才注意到，蚂蚁们在搬运希帕克纳的指甲和毛发的碎屑。

"这证明了我们的猜想：他死了！"他们说。

希帕克纳早就知道男孩们在喝酒。他打算让他们喝得酩酊大醉，喝到瘫软无力。与此同时，他拔下几撮毛发，啃下几片指甲，让蚂蚁们抬走，作为他死去的证据。

等到男孩们几乎不省人事时，希帕克纳从深坑里爬了上来。他掀翻屋顶，将男孩们全部压在底下。除了希帕克纳，无人生还。他为自己的精明谋略深感自豪。

男孩们变成了夜空中的四百颗星星，他们在玛雅语中被称作"莫茨"*，也就是昴星团。

---

* Motz，在基切语中的字面意思是"一把（玉米粒）"。

过，不论乌库伯-卡基什之子希帕克纳多么足智多谋，他都不是别出心裁的胡纳赫普和希巴兰克的对手。希帕克纳杀死四百个男孩的举动令双生子深感不安。

希帕克纳每天都要捕食鱼蟹。双生子决定做一只假螃蟹。他们用凤梨花充作蟹钳，挖空石头冒充蟹壳。他们将假螃蟹放在米亚旺山脚下的一个岩穴深处。

准备好了吹箭筒，双生子便去河边寻找希帕克纳。

"你要去哪儿呀？"他们问他。

"哪儿也不去，"希帕克纳答道，"我在找东西吃。"

"你吃什么？"

"鱼和螃蟹。但这里没有，我一条鱼一只蟹也没找到。我从前天到现在什么都没吃，快要饿死了。"

"山谷底下有一只螃蟹，"双生子对他说，"特别大的一只。那就是你的食物吧。我们刚才想抓它来着，却被它狠狠揍了一顿，所以不敢再动它了。要不然我们早就去抓它了。"

"求求你们，可怜可怜我，带我去找它吧。"希帕克纳说。

"我们可不想去，你自己去吧！不会迷路的，你沿河一直走，就会走到一座高山下。那只螃蟹就在峡谷最深处，它的声音很吵，你只要到了那里就能发现它。"胡纳赫普和希巴兰克说。

"唉，真倒霉。你们就没胆量陪我去吗？来吧，路上有很多鸟，你们可以用吹箭筒打猎嘛。"

他谦逊的姿态说服了双生子。他甚至在他们面前哭了起来。他们说："没准你也没本事抓住它，到时候你还得回到这里，就像我们一样，被它夹了以后灰溜溜地跑回来。我们是头朝前、肚皮朝下爬进洞的，但我们没抓到它。我们建议你肚皮朝上往里爬。"

"没问题。"希帕克纳说道。他有时会化身为鳄鱼。他和双生子一起出发了。

一行三人来到峡谷深处。背壳通红的螃蟹就在那边。

"好极了，"垂涎欲滴的希帕克纳说，"我都等不及了。"他一下冲进岩穴里，脑袋朝前地往里爬去。但螃蟹不断后退，希帕克纳始终抓不到它，最后只好倒退着爬出洞口，两手空空。

"抓到了吗？"

"没有。它一爬起来我就够不着它了。或许我脸朝上钻进去会容易一些。"

希帕克纳再次爬进洞里。这一次，双生子只能看见他的双脚露在外面。

说时迟那时快，高耸的米亚旺山轰然倒塌，压在希帕克纳的胸口。他死得何其壮烈。希帕克纳就这样被高山吞噬，变成了大山里的岩石。

可一世帮"的第三位成员是乌库伯-卡基什的次子卡布拉坎，他的一举一动都像地震一般。

"我希望卡布拉坎也低头臣服。"天之心-地之心对胡纳赫普和希巴兰克说。

"遵命。"双生子应道。

卡布拉坎以撼动高山为乐。他轻轻踩一脚就能让大山崩塌。胡纳赫普和希巴兰克正是循着山崩地裂的动静找到了他。

他们问卡布拉坎："你要去哪儿？"

"哪儿也不去。"他说，"我要把大山推倒，让它们永远抬不起头。"

卡布拉坎反问双生子道："你们为什么来这里？我从来没见过你们。你们叫什么名字？"

"我们没有名字，"双生子答道，"除了用吹箭筒打猎，我们无事可做。我们一贫如洗，身无长物。我们只喜欢在山里游荡。话说，我们见过一座巨大无比的高山，那是我们知道的最高耸的山峦。我们没本事爬到山顶，所以一只鸟也没打到。你真的能推倒任何一座山吗？"

"你们真见过这样的山？"卡布拉坎惊叹道，"它在哪里？只要我看见它，我就能把它推倒。你们在哪里看到这座山的？"

"在太阳出生的地方。"

"给我指条路。"

"我们最好陪你一起去，"胡纳赫普和希巴兰克说，"一个在你左边，一个在你右边。我们有吹箭筒，正好可以去打鸟。"

卡布拉坎欣然同意，三人就这样出发了。每见一只飞鸟，双生子就拿起吹箭筒大展神威。他们不用弹珠，只需吹一口气就能将猎物打下来。他们的好身手让卡布拉坎大开眼界。

中途，他们停下来生火，将打到的猎物架起来烧烤。他们将有毒的、石灰似的白粉抹在鸟肉上，让鸟肉裹在一层厚厚的白泥里。

"这香味会让卡布拉坎胃口大开。"他们说，"一旦吃下有毒的泥土，他自己也就注定要被泥土埋葬。天之心－地之心的智慧可真是伟大。"

"你们做的东西好香啊，"卡布拉坎赞许地说，"请分我一点吧。"

双生子递给他一份烤肉。他狼吞虎咽地吃了下去。没过多久，当他们继续赶路时，卡布拉坎开始感觉不舒服。他的手脚抖个不停，很快便失去了所有的力量。

胡纳赫普和希巴兰克将卡布拉坎的双手反绑在背后，又将他的脖颈和双脚捆在一起，然后狠狠地将他扔在地上。没过多久，卡布拉坎便一命呜呼。双生子当场挖了个坑，将他就地掩埋。

就这样，乌库伯－卡基什、希帕克纳和卡布拉坎的统治结束了。

Part II:
Xibalba

第二部分

下界

现在，我们要讲述关于下界的古老故事。

胡纳赫普和希巴兰克的父亲胡恩-胡纳赫普也有一个孪生兄弟，名叫乌库伯-胡纳赫普。兄弟二人聪慧睿智，能预见未来。这对双生子是希皮亚科克和希穆卡内的孩子。

胡恩-胡纳赫普有两个年纪较长的儿子，名叫胡恩-巴茨和胡恩-丘文，他们擅长吹笛、唱歌、绘画、雕刻、打造银器和珠宝，同样也擅长使用吹箭筒。他们的母亲是"育猴者"希巴基亚洛。

胡恩-胡纳赫普和乌库伯-胡纳赫普都很机智。他们整日以玩骰子和打蹴球为乐。加上胡恩-胡纳赫普的两个大儿子，四个人恰好凑成球赛的双方。

一只游隼常来看他们打蹴球。这只游隼是下界西巴尔巴的众多信使之一，也是胡拉坎的耳目。它可以畅通无阻地穿梭于下界和阳间。

西巴尔巴是恐惧的居所。那是一座气势恢宏的城池，城内有宫殿和花园，还有一座扭曲的穹顶式建筑，以及一扇暗藏玄机的迷窗。在窗里，时间似乎止步不前。据那些不幸见到过它的可怜人描述，这扇神秘莫测的窗户向周围辐射出难以承受的黑暗。

下界有数不清的道路，通向四面八方，却又无法抵达任何地方。在危地马拉的科万有一个山洞，那就是通往西巴尔巴的入口。不过，在附近的伯利兹和恰帕斯，也有其他连通下界的洞穴系统。前往西巴尔巴的路线图就隐藏在天上的银河里。

没人能走进西巴尔巴，因为一路上有数不清的障碍和陷阱，包括一条爬满毒蝎的河流。在一个十字路口，来访者必须在四条路中做出选择，每一条路都通向一个倒错的平行世界，在那里，上就是下，光明就是黑暗，寒冷就是温暖，善就是恶。路旁竖立的雕像在等待着尚未失去理智的来访者。有一个特殊的房间专门留给蓄须的白人。

西巴尔巴的种种奇观都处于永恒的流变之中。在每一位旅行者的描述中，此地的模样都大不相同。对某些人来说，西巴尔巴恍如他们故乡的映射；对另一些人而言，那里却不似人世间的任何地方。

几位蓄须的白人在宣传基督教时听人说起了西巴尔巴，他们试图进入下界，却是徒劳一场。唯一一个活着走出洞穴的人丧失了理智。在他最后写下的目击证词里，他说西巴尔巴的黑暗深不可测，仿佛走进了天之心－地之心的脏腑深处。

在西巴尔巴，死亡即是生命。

充当信使的游隼向西巴尔巴的最高立法者胡恩－卡魅和乌库伯－卡魅讲述了自己见到的情景。聚会商议一番之后，这些下界神说道："这些人闹得大地震颤，如此喧哗，究竟是何许人也？去叫他们来！让他们到这里来打蹴球，在这里，我们可以击败他们。他们对我们毫无敬意，完全不将我等放在眼里。"

西巴尔巴还有其他神明，一共十二位：西基里帕特和库楚马基克让人呕吐不止；阿哈尔普赫和阿哈尔卡纳让人双腿和面部流脓，生出黄疸，全身萎黄；查米亚巴克和查米亚霍隆是西巴尔巴的治安官，他们让人形销骨立，宛如骷髅一般；阿哈尔魅斯和阿哈尔托克托伯让人心脏病发作；基克西克和帕坦的职责则是让人在道路上横遭不测，将人刎颈剐心。基切人对所有这些下界神的名字都耳熟能详，他们相信是下界众神带来了病痛。

他们齐聚一堂，商量该如何折磨胡恩－胡纳赫普和乌库伯－胡纳赫普。西巴尔巴众神想要霸占他们打蹴球的全套装备：皮护髋、比赛时用来击球的腰套、护手，以及他们装饰华丽的面罩。蹴球是一项吵闹的运动。

西巴尔巴众神妒火中烧。

西巴尔巴众神派出四只猫头鹰作为信使。这些猫头鹰的外貌各具特色：第一只喙尖爪利，如同飞箭一般；第二只只有一条独腿；第三只的背部呈红色；第四只长着骷髅头，没有腿脚。四位信使排成一列，飞到环绕在石砌高墙中的球场上空，向胡恩-胡纳赫普和乌库伯-胡纳赫普宣布来自西巴尔巴众神的消息。

"下界众神当真是那么说的？"

"当真，"猫头鹰们答道，"我们得陪你们一起去。快带上你们的装备，你们要去打蹴球。"

胡恩-胡纳赫普和乌库伯-胡纳赫普斟酌了一会儿。他们决定前往，但要将胡恩-胡纳赫普的两个儿子胡恩-巴茨和胡恩-丘文留下。兄弟俩的母亲希巴基亚洛那时已经身故。

"我们必须去和母亲道别，另外，得把我们的橡胶球留下。"他们把球挂在天花板上。他们说："我们还会回来打球的。"

临行前，他们告诫胡恩－巴茨和胡恩－丘文："让家宅保持温暖，别让你们的祖母心寒。"

他们去和母亲道别时，胡恩－丘文哭了起来。"别哭，"父亲和叔父对他说，"我们非去不可，但是别为我们难过，我们不会死的。"

胡恩－胡纳赫普和乌库伯－胡纳赫普与猫头鹰们一起上路了。在前往西巴尔巴的途中，他们爬下一段陡峭的阶梯，阶梯尽头是一座迷宫。他们来到一条地下河边，这条河蜿蜒奔流，一直通向两道名为努兹万库斯和库兹万的峡谷。他们穿过峡谷，又沿着另外几条河流前行，其中一条便是蝎河。河里是数不清的毒蝎子，但他们毫发无损。

很快，他们来到血河边。他们没有喝河里的水，因此也安然无恙地渡过河去。接着，他们又越过了毒脓河。他们征服这一条条河流，但心中并非没有毛骨悚然的焦虑。他们是否已经中了圈套？

他们来到四路交会的十字路口。四条路中第一条是红路，第二条是黑路，第三条是白路，第四条是黄路。每条路都是通向一个异度空间的入口：在第一个空间里，高就是矮；在第二个空间里，白天就是黑夜；在第三个空间里，酷暑就是寒冬；在第四个空间里，罪人备受尊崇。在基切人的观念中，十字路口是极其危险的所在，不可见的力量会在那里现形。与十字路口类似，东南西北四个方位也分别对应四种颜色：北方为白，东方为红，南方为黄，西方为黑。为了确定大自然的四角，基切人会在这四个方位上点起蜡烛。

黑路开口说："走我这边，我是通向神明的路。"

正是在这里，第一对英雄双生子败下阵来。他们应声走上通往西巴尔巴的道路，来到下界众神的议事厅，在那里受到了欢迎。

首先出现在他们眼前的是木棍做成的傀儡。西巴尔巴众神故意将它们摆放在议事厅里。

端坐在宝座上的其实都是塑像。

"你们好啊。"其中一座开口道。

胡恩-胡纳赫普和乌库伯-胡纳赫普吓了一跳，一时不知该如何作答。

稍微回过神来，他们才慢慢和塑像攀谈起来。

"你们好，胡恩-卡魅和乌库伯-卡魅。"

就在此时，看见双生子对塑像说话，西巴尔巴众神哄堂大笑。

"请坐吧。"他们示意双生子坐下。

天真的双生子坐在炙热的长椅上，灼伤了身体。

下界众神再次大笑起来。胡恩－卡魅和乌库伯－卡魅开口道："很高兴你们能来。准备好你们的装备，明天来打蹴球吧。你们将被带到黑屋去，到了那里，有人会给你们一束用富含松脂的山松*做成的火把，还有一根雪茄。你们要点燃火把和雪茄，但是记住：第二天早晨，你们必须把这两样东西原封不动地还给我们。"

双生子答应了。他们来到黑屋，只见屋里空无一物，只有无尽的黑暗。

与此同时，西巴尔巴众神开始商议下一步计划："我们可以好好利用他们那套蹴球装备。只要他们犯一点错，他们就彻底完蛋了。明天，我们一定要拿他们去献祭。"

胡恩－胡纳赫普和乌库伯－胡纳赫普正在静默冥想时，一位信使为他们送来了火把和雪茄。见火把已经点燃，他们便用它点着了雪茄。信使说："别让它们一直烧下去。你们不能把它们用光，明天一早务必将它们原样归还。"

西巴尔巴的试炼名目繁多，花样百出，现将其描述如下：

第一关名为克克玛哈，意即"黑屋"。

第二关名为簌簌凛哈，意为"冷室"。室内异常寒冷，让人直打哆嗦。

---

* 原产于墨西哥和中美洲的一种松树，拉丁文学名 *Pinus montezumae*。

第三关名为巴兰米哈，意为"豹穴"。无数美洲豹在里面咆哮嘶吼，摩肩接踵，你推我搡。

第四关名为佐齐哈，意为"蝠洞"。洞内全是振翅纷飞的蝙蝠，踏入其间，有去无回。

第五关名为查因哈，意为"刀窟"。窟内布满锋利的燧石或黑曜石匕首。来自火山的黑曜石通体呈深黑色，像玻璃似的闪闪发亮，边缘如剃刀一般锋利。

在西巴尔巴，还有其他许多用来施加酷刑的地方。我暂且只列举上述这些。

翌日清早，胡恩－胡纳赫普和乌库伯－胡纳赫普回到胡恩－卡魅和乌库伯－卡魅面前。两位下界神问道："雪茄呢？火把呢？"

"被我们用完了。"

"你们挑战失败了。今天就是你们的末日。我们要将你们碎尸万段，抹去关于你们的记忆。"

令人难过的是，他们当真说到做到。第一对双生子就这样成了祭品，普克巴斯便是他们的埋骨之地，这个词的意思是激烈的球赛中场地上掀起的尘土。胡恩－胡纳赫普的头被砍了下来，身体的其他部分与弟弟乌库伯－胡纳赫普埋在一起。

"把这脑袋拿去，挂在路口那棵高树的枝头。"胡恩－卡魅和乌库伯－卡魅下令。

那棵树此前从未结过果实，直到胡恩－胡纳赫普的首级被挂在上面。这种树如今被叫作葫芦树*，所结的果实是一种瓜。任何走进西巴尔巴的人都能一眼看见那棵树。胡恩－胡纳赫普的头颅化为树上的果实，此后便再也没有出现过。

这就是为什么基切人的墓园里会栽植一排排树木，看起来好似一片小树林。

西巴尔巴众神下令："谁也不许摘这树上的果实。从现在起，谁也不许在树下停留。这棵树今后就是我们胜利的纪念碑。"

---

*　又叫蒲瓜树，拉丁文学名 *Crescentia cujete*。

面来说说希基克公主的故事。听闻葫芦树的故事，她来到树下，想要亲手摸一摸它。

她是库楚马基克的女儿。

"要是碰了这果子，我会不会因此而死？它们肯定非常好吃。"

很快，她来到普克巴斯，那里只有她一个人。她感叹道："树上结满果子的模样多好看啊！"

突然，一颗骷髅头从树冠里浮现出来，说道："这些果子其实都是骷髅。你想要吗？"

"我想要。"她答道。

"把你的右手给我。"骷髅头说。

希基克伸出右手。就在那一瞬间，骷髅头向她掌心啐了一口唾液。

她低头看去，唾液已消失不见。

"这是我的津液。它让你有了我的骨血。到阳间去吧。相信我，你不会因此而死。"骷髅头说，"人活着时，头颅是那么美。可是人一死，头颅就显得那么骇人。美好荡然无存，只剩累累白骨。从某种程度上说，孩子就像津液：父精母血于此存焉。从孩子脸上能看出父母的音容笑貌，不过有时得细看才能发现。死亡是最后的终点，但生命通过后代绵延不绝。后代就是我们的血肉，就在我们自己的身体里面。"

公主回到家中时已身怀六甲。就这样，她怀上了胡纳赫普和希巴兰克。

六个月后，她的父亲库楚马基克发现了她身体的变化。

库楚马基克与另外两位下界神胡恩－卡魅和乌库伯－卡魅聚在一起，商量如何处理眼下的状况。

"我女儿有了身孕，"做父亲的说，"她的名节毁了。"

"逼她说出实话。如果她不说，就拿她去献祭，把她的心挖出来。"

库楚马基克质问女儿："是哪个男人让你怀了孩子？"

她答道："没有谁让我怀了孩子。我没和任何男人打过交道。"

"送她去做祭品，"他对四只猫头鹰说，它们是西巴尔巴最重要的信使，"把

她的心装在这碗里给我带回来。"四位信使接过碗，用翅膀托起希基克公主飞走了。它们一同带走的，还有那把用于献祭的石匕首。

希基克对猫头鹰说："别杀我。我肚子里不是败坏名誉的孽种。这是我在普克巴斯欣赏那棵挂着胡恩－胡纳赫普头颅的树时怀上的。"

"可是，没有你的心，我们该拿什么交差呢？"猫头鹰们思忖道，"我们可不想死。"

"别担心。你们今后不用再引诱人们去死，也不必再住在西巴尔巴。生命的轮回无法避免。死亡永远与出生联系在一起，反过来也是一样。要让玉米生长，一粒种子就必须先死去，被埋进土里。从这棵奇克特树上取一些汁液吧。"年轻的公主对它们说。

奇克特树涌出鲜红的汁液，流入碗中，渐渐凝固，很快便呈现出血肉般的殷红色泽，可以用来冒充希基克的心脏了。美洲豹、美洲狮和鳄鱼这些大型动物的心脏被基切人用作祭品，丢进火中焚烧。如果一时找不到这些动物，他们就用香灰做成心脏的形状。奇克特树又名"祭红树"。希基克提到，这种树的特点是汁液像凝固的血。这种树如今被称为"龙血树"[*]。

---

* 指龙血巴豆，又叫秘鲁巴豆，拉丁文学名 *Croton lechleri*。

公主对猫头鹰们说："在阳间，你们会得到重视的。"

信使们应声答道："我们将去世间为你效力。你走你的路吧，我们还要带这树血回去向众神复命。"

猫头鹰们返回下界时，众神都在等候它们，其中库楚马基克最为心急。

"你们完成使命了吗？"胡恩－卡魅问道。

"一切都按您的吩咐办妥了。碗里就是她的心。"

"让我们看看。"胡恩－卡魅大声宣布。这颗殷红的心脏虽然不过是树液凝固而成，但看起来却饱含鲜血。

"生起火来，把它放在炭火上烤。"胡恩－卡魅吩咐道。

猫头鹰们立刻将心脏丢进火中，这也是基切人的风俗。飘散而出的气味便是西巴尔巴的味道。

当下界众神沉醉于眼前的场景时，猫头鹰们展开翅膀，从深渊飞到大地之上。在那里，它们深受喜爱。

胡恩-巴茨和胡恩-丘文正在家中陪伴祖母时，希基克公主来到他们门前。她腹中怀着双生子，胡纳赫普和希巴兰克没过多久就要出生了。

希基克来到老祖母面前向她宣布："我是您的儿媳。"

她的做法被基切新娘沿用至今：搬到婆婆家里，学习承袭家族传统的必要技巧。但是，希基克可不只是个普通的新娘——她还是一位诗人，口中吐出的每一个词语都散发着美妙的气息。

夜里，她做着宜人的美梦。醒来后，她便将它们编成歌谣。以下便是她吟唱的一部分小调：

我们从酣眠中苏醒，

在梦里孕育生命。

我们梦见家园，

用一生打造那所宅院。

"你从哪里来？"老祖母问道，"我的孩子们呢？他们死在西巴尔巴了吗？你永远不可能成为我的儿媳。"

"可我真的是您的儿媳。我腹中有一对双生子，他们是胡恩-胡纳赫普的儿子，就在我肚子里。胡恩-胡纳赫普和乌库伯-胡纳赫普并没有死，他们还会再露面。很快，您就会在我的骨肉身上看出您长子的模样。"

胡恩-巴茨和胡恩-丘文都是音乐家。他们整日以吹笛唱歌、作画雕刻为乐，以此慰藉老祖母的心。

老祖母对希基克说："你是个骗子。"

希基克答道："他们真的是他的孩子。我是您家族的一分子啊。"

最后，老祖母发话了："如果你真是我的儿媳，那就去给等着吃饭的人找些吃的回来。既然你是我的儿媳，那就去收一网兜玉米，收完了就赶紧回来。"

在基切人的社会里，这是非常普遍的做法：新娘奉公婆之命去做繁重的活计，以此证明自己的能力。

"没问题。"

那一夜，希基克沉沉睡去。在梦里，她见到了腹中的孩子。

翌日，天一亮，她就赶到胡恩-巴茨和胡恩-丘文的玉米地里。通向那里的道路已经为她清理出来。可是，地里只有一根玉米棒。这可把她急坏了。

"啊，这下我要成罪人了，真是丢脸啊。我要上哪里才能收满一网兜玉米完成任务呢？"

她求告于卡哈丝以及其他食物守护者——希塔、希卡妮丝和伊斯卡考。

"烹饪玉米的诸神啊，为胡恩-巴茨和胡恩-丘文守护食物的卡哈丝啊。"她一边呼唤，一边揪住玉米须向上拔。当她将玉米须放进网兜里时，玉米须忽然就变成了颗粒饱满的玉米棒。

在回家的路上，希基克吟唱了一首诗：

玉米的儿女，

我们的过往是你们的未来。

玉米的儿女，

你们的力量是我们的信仰。

田野里的动物们帮她搬运装满玉米的网兜。它们将网兜放在屋子的一角，假装是这位儿媳自己背回来的。

当老祖母意识到面前有多少玉米棒时，她说：

"你在哪里找到这么多玉米的？你把我们家的玉米地全都糟蹋完了？我现在就去看个究竟。"

唯一一株玉米依然矗立在原地。

回到家中，老祖母说："你的歌谣都是实话。你已经证明了，你确实是我的儿媳。从今往后，我会照看你和你肚里的孩子。他们也会是聪明的孩子。"

5

不久之后，希基克生下了胡纳赫普和希巴兰克。从母亲的子宫来到世间时，胡纳赫普的手握着希巴兰克的脚踝。他们日夜啼哭不止，惹得他们的老祖母大为光火。

"他们没一刻安静的时候，"她说，"把他们扔出去。"

胡恩－巴茨和胡恩－丘文嫉妒这对双生子，不愿接受他们成为家里的新成员。因此，他们把这第二对双生子带进大山里，放在一座蚁丘上。这下双生子倒舒舒服服地睡着了。兄弟俩又把双生子从蚁丘挪到荆棘丛上，两个婴儿依然自得其乐。

那时，年长的兄弟俩已经是了不起的吹笛手和歌手。他们熬过了逆境，如今已变得十分睿智。他们也是出类拔萃的书写者和雕刻家，无论做什么都很优秀。然而，嫉妒在他们心里占了上风，他们杰出的品行也因此黯然失色。

老祖母也不喜欢这对小孙子。每次都要等胡恩－巴茨和胡恩－丘文吃饱了，才轮到双生子吃剩下的食物。不过，双生子并不为此愤懑气恼。他们隐忍克制，默默地承受这一切，因为他们清楚自己的处境。正是这种通达的慧根让他们得以看清事物的本质。

胡纳赫普和希巴兰克整天用吹箭筒打猎，他们逐渐产生了离家远走的想法。

一天，双生子什么野味也没打到，两手空空地回到家中。他们一进屋，老祖母就对他们大发雷霆。

"我们打到的鸟儿都卡在树上了，我们没法爬上去捉它们。如果两位哥哥愿意，就让他们和我们一起去把鸟儿取下来吧。"

"等太阳出来，我们就和你们去。"年长的兄弟俩答道。

双生子私下商量，该如何好好给胡恩－巴茨和胡恩－丘文一次教训。"我们只需要扭曲他们的本性。这正是我们语言的精髓所在。要是按他们的意思，我们这两个做弟弟的早就该死了。"

他们来到那棵名为坎特*的大树下，那是一种可以从中提取出黄色染料的可可树。胡纳赫普和希巴兰克手握吹箭筒，带着两位哥哥来到树下。

---

* 丹尼斯·特德洛克考证为墨西哥丁香树，拉丁文学名 *Gliricidia sepium*。

树上的鸟儿多得数不清，两位哥哥惊奇不已。但一只也没落下来。

"你们上去抓吧。"双生子对胡恩-巴茨和胡恩-丘文说。

"好啊。"年长的兄弟俩一口答应。他们爬到大树上。突然，树干开始向上生长，高度足有原先的三倍。

见此情形，胡恩-巴茨想赶快下树，但他没法向下爬。兄弟俩在树梢向下喊道："我们遇上倒霉事啦，我们都不敢低头往坎特树下看！"

胡纳赫普和希巴兰克回应道："你们把束腰布解下来，在腰上打个结，让另一头垂在身后，这样行动起来就方便多啦。"

兄弟俩松开束腰布。然而，布条立刻变成了尾巴，让他们看起来活像两只猴子。他们情不自禁地在树枝间跳来跳去，在高矮不一的山林间飞荡穿行。他们做出猿猴般的动作，跑进丛林深处。这就是如今高杆飞人舞的起源：舞者用长绳拴住脚踝，爬到高杆顶部一跃而下，在空中绕杆飞旋。

胡纳赫普和希巴兰克用奇迹般的力量击败了两位哥哥。双生子回到家中，对老祖母和母亲说："哥哥们的脸变成了动物的样子。"

老祖母说："如果你们胆敢伤害他们，那就是丢我的老脸。"

双生子答道："您会再见到他们的。但是有一点很难做到：您得忍住不笑。"

他们走进丛林，用笛子吹起一首名叫《蜘蛛猴胡纳赫普》的歌曲。胡恩-巴茨和胡恩－丘文循声而来，被笛声引到了家门口。看到兄弟俩尖嘴猴腮的模样、硕大的屁股、细溜溜的长尾巴和腰布上的破洞，老祖母不禁哈哈大笑起来。胡恩－巴茨和胡恩－丘文立刻逃走了。

双生子再一次向丛林走去。"现在我们该怎么办呢？"

他们又吹起了笛子，两只猴子又回来了。为了带胡恩－巴茨和胡恩－丘文回家，双生子一共试了四次。每一次的结果都是一样。

双生子对他们的老祖母说："我们已经想尽办法啦。但是您别难过，我们也是您的孙子啊。请您好好看看我们，我们承载着您对哥哥们的回忆。别难过，我们向您保证，后世音乐家和歌手都将颂扬他们的名字，颂扬他们修造的房屋、他们演奏的乐曲，以及他们变成猴子的故事。"

077

事不宜迟，双生子开始使出浑身解数，以加深老祖母和母亲对他们的了解。他们做的第一件事便是去玉米地里干活，或者说假装去干活。他们用魔法解决了大部分要做的活计。

胡纳赫普和希巴兰克刚一将锄头锄进土里，它们就自己刨起了土。斧头也一样，它们砍倒一棵棵大树，不需要双生子出一分力气。他们用这种办法砍下的树多得数也数不清。

兴高采烈的双生子让白鸽希穆库尔为他们望风。他们的命令很明确：只要老祖母一出现，希穆库尔就发出咕咕的叫声。

胡纳赫普和希巴兰克拿起吹箭筒溜之大吉，打猎去了。没过多久，只听见希穆库尔咕咕地叫了起来，他们赶紧跑回地里。双生子中的一个往双手和脸上抹了些泥巴，装出辛勤劳动的模样；另一个往头上撒了些木屑，看起来好像一直在努力伐木。

不过，老祖母一眼就看穿了他们的伪装。尽管他们在晌午狼吞虎咽地吃下她为他们准备的食物，但她很清楚，那些活没多少是他们自己干的。在她眼里，他们没资格享用这些食物。

胡纳赫普和希巴兰克没有把这件事放在心上。晚上回到家里，他们伸着懒腰说："我们可真累坏了。"

第二天，他们回到玉米地里，大惊失色地发现前一天砍倒的树木全都复原如初。

"是谁在戏弄我们？"他们问道。是那些大大小小的动物：美洲狮、美洲豹、鹿、兔子、猞猁、郊狼、野猪、西貒和浣熊。一夜之间，它们便将玉米地恢复到了原先的状态。

他们回到家里，对老祖母说："您说怎么办？我们耕好的玉米地又长满了杂草，变回了茂密的丛林。这不公平。"

经过一番沉思，他们在日落时分回到地里，决定藏起来捉住和他们作对的家伙。他们说："或许我们可以给那些捣蛋鬼来个措手不及。"他们在树荫下找到一个理想的位置，将自己伪装起来，藏在那里。

午夜时分，胡纳赫普和希巴兰克发现所有动物都来到了这里，每一种都来了一只。它们聚在一起齐声说：“大树，站起来！灌木，长回来！”

　　双生子惊诧不已。他们想抓住美洲狮和美洲豹，但它们一下就逃走了。他们悄悄靠近鹿和兔子，都已经揪住它们的尾巴了，可它们还是挣脱了。正因为这次遭遇，今天的兔子和鹿都是短尾巴。

　　猞猁、郊狼、野猪、西貒和浣熊都没有落入双生子手中。这些动物排成一列，依次从胡纳赫普和希巴兰克面前走过，可他们就是抓不住它们，这让他们心烦意乱。

　　最终，一只老鼠匆匆跑过。他们一把抓住它，将它塞进网兜里。他们紧紧攥住老鼠的后颈，想要掐死它。他们还把它放在火堆上烤，烧焦了它的尾巴。因此，直到今天，老鼠的尾巴都是光秃秃的。

　　老鼠说：“我不能死在你们手里。你们俩就不是种玉米的命。”

　　“你这话什么意思？”双生子被它说得一头雾水。

　　“先把我放了，”老鼠说，“我有事要告诉你们。先给我弄点吃的，吃完我就告诉你们。”

　　“你先说。说完我们再给你吃的。”他们说。

　　“你们的父亲和叔父是死在西巴尔巴的胡恩−胡纳赫普和乌库伯−胡纳赫普，他们留下了一些东西，就挂在你们家的屋顶下面。”老鼠说，“是他们的腰套、护手和橡胶球。你们的老祖母不想让你们看到这些物件，因为你们的父亲和叔父就是由于它们才丢了性命。"

"此话当真？"双生子问道。听闻橡胶球的事，他们满心欢喜。既然老鼠已经开口，他们便给了它一些食物：玉米粒、南瓜子、辣椒、四季豆、可可豆和白可可*豆。"这些全都是你的。从今以后，被人储存起来或者忘记的食物都归你。吃吧！"

"好极了，"老鼠说，"要是你们的老祖母看见我，我该怎么和她说呢？"

"不用担心，有我们在呢。我们知道该怎么和她说。跟我们回家吧，去那个 角落里把父亲和叔父留给我们的东西取出来。"

接下来的整个夜晚，双生子都在思考和商量对策。等他们和老鼠一起回到家中，已经是翌日晌午。双生子中的一个蹑手蹑脚地走进屋里，另一个则藏在外面。他们帮老鼠爬到屋顶上。

然后，胡纳赫普和希巴兰克去向老祖母讨要食物："我们想吃辣椒酱。"她便为他们生火做饭。双生子一人拿了一只碗。

此举只是为了愚弄老祖母和母亲。他们将水罐里的水倒进锅里，因此，老祖

---

* 一种可可属的植物，拉丁文学名 *Theobroma bicolor*。

母不得不去河边再打些水来。借助辣椒酱光滑的表面和锅中的水面，双生子看到了老鼠的倒影：它正向屋顶上挂着橡胶球的角落跑去。

他们请一只名叫闪的蚊子来帮忙，闪看起来就像一只会叮人的小蝇虫。他们让它飞去河边，在祖母的水罐上钻一个小洞。她一拿起水罐，水就漏个不停。她没有发现罐身上的小洞。

双生子对母亲说："祖母出什么事了？我们都渴得受不了啦。"就这样，他们把她也打发去了河边。

老鼠很快咬断了吊着橡胶球的绳子。腰套、护手、皮护髋和橡胶球都掉了下来。胡纳赫普和希巴兰克抓起那堆东西就跑，把它们藏在通往球场的大路边。

藏好这些东西之后，双生子去河边与老祖母和母亲会合。她们正忙着堵住水罐，不让水再漏出来。两人都拿着自己的吹箭筒。"你们在干吗呀？我们等得都不耐烦了。"

"看看这罐子上的洞，怎么也堵不住。"两个女人说道。

双生子修好了水罐。希巴兰克走在最前面，接着是胡纳赫普，老祖母和母亲跟在他们身后，一家人一起回家了。就这样，双生子找到了橡胶球。基切人尊崇一位名叫伊希切尔的女神，她就被描绘为手持水罐的老妇人形象，雨水从她的水罐里倾泻而出。她是分娩的保护神。

英雄双生子高高兴兴地去球场玩蹴球，一玩就是好久。他们打球的地方正是父亲和叔父当初比赛的那座球场。

西巴尔巴众神听到了他们的动静。"是谁又在我们头顶玩闹吵嚷，扰得我们不得安宁？简直和当初想打倒我们的胡恩-胡纳赫普和乌库伯-胡纳赫普一模一样。"

他们唤来凶残的土狼，派它们去传递消息："去告诉他们，下界众神有令，让他们速来此地。七天后，我们要在这里和他们打蹴球。"

土狼们沿着蜿蜒的道路离开西巴尔巴，来到阳间。它们沿山间的河流奔袭，一路赶到双生子的家门前。在那里，它们找到了双生子的老祖母。

土狼们站在她背后，趾高气扬地宣告："下界神要见胡纳赫普和希巴兰克，就在七天之后。”

老祖母心下一颤。她焦虑得说不出话来，双腿抖得几乎要摔倒在地。不过，她还是迅速给出了答复："他们会去的。"

土狼们离开以后，她却不知该如何是好。"我该找谁去通知双生子呢？这不是和上一次西巴尔巴的猫头鹰带走他们的父亲和叔父一模一样吗？"

她独自一人在家犯愁。就在她漫无目的地走来走去时，一只虱子从她头上一跃而下，跳到她的膝头。她抬起膝盖，捉起虱子放在手心里。虱子转过身，开口说话了。

"你在烦恼什么？"虱子问道。

"去球场喊我孙子们回来。告诉他们，西巴尔巴的信使来找过他们的老祖母了。他们必须在七天后出现在西巴尔巴。"

在前往球场的路上，虱子遇到了一只名叫塔马祖斯的癞蛤蟆。

"你要去哪里？"癞蛤蟆问它。

"我要奉命去传话。我得去喊胡纳赫普和希巴兰克回家。"虱子答道。

"我看你不必那么着急。"塔马祖斯说，"你想要我把你吞进肚里吗？你会看到我蹦得有多远。我们一起去球场，比你自己去可要快得多。"

"好啊。"虱子答应了。于是，癞蛤蟆一口吞下虱子，蹦蹦跳跳地出发了，但它并不着急赶路。半道上，它遇到了一条名叫萨基卡斯的蛇。

"塔马祖斯，你要去哪里呀？"萨基卡斯问癞蛤蟆。

"我是使节，我肚子里有一条消息要送。"

"我看你也不着急。让我去会更快一些，不是吗？"蛇说，"我可以把你吞下去，我很快就能赶到那里。"

说完，萨基卡斯一口吞下了塔马祖斯。

蛇飞快地爬行，路上遇到了一只名叫洛茨基克的雀鹰，它与笑隼是近亲。雀鹰一口将蛇吞了下去。

雀鹰飞到胡纳赫普和希巴兰克正在玩耍的球场边，落在檐壁上。它高声叫道："瓦克科！瓦克科！"意思是："雀鹰在此！"

"你在这吵什么？"双生子说，"看我们吹箭筒的厉害。"

转眼间，他们射中雀鹰的一只眼睛，将它打落在地。他们跑过去抓住它，质问道："你来这里做什么？"

"我肚子里有一条消息。"

"快说。"

"先治好我的眼睛，我再告诉你们。"雀鹰说道。

胡纳赫普和希巴兰克从橡胶球上揪下一小块，敷在雀鹰的眼睛上，伤口瞬间恢复如初。

"行了，快说吧。"他们重复道。

雀鹰吐出肚里的蛇。

"快说。"双生子对蛇说。

"好的。"说着，它吐出了癞蛤蟆。

"你要送的消息呢？"他们问癞蛤蟆。

"在我肚子里。"癞蛤蟆答道。它想把虱子吐出来，却没有成功，反倒露出了满嘴的涎液。两个年轻人打算惩罚这只癞蛤蟆。

"你是个骗子。"他们说。癞蛤蟆再次尝试将虱子吐出来，可嘴里除了涎液再无他物。

胡纳赫普和希巴兰克扯开癞蛤蟆的嘴向里面看去。原来，虱子卡在了癞蛤蟆的牙缝里。他假装被癞蛤蟆吞进肚中，其实一直躲在那里。换句话说，癞蛤蟆被耍了。正是因为这样，今天的癞蛤蟆都尝不出食物的滋味。它们是蛇的食物。

虱子是腐烂的象征。癞蛤蟆寓意大地的丰饶。蛇象征着重生。而雀鹰则在破晓时宣告太阳再度升起。

"快说。"胡纳赫普和希巴兰克对虱子说。

虱子答道："你们的老祖母让我来喊你们。胡恩-卡魅和乌库伯-卡魅派土狼来做信使，要你们去西巴尔巴。他们说："七天之内，他们必须来这里和我们打蹴球。让他们带上比赛的全套装备：橡胶球、腰套、护手和皮护髋。'你们的老祖母说这话时，哭得可伤心了。"

在下界之上，大地共有七层。

"这可能吗？"听到这则消息，双生子暗自思忖道。

回家路上，他们一直在思考下界神的命令。尽管胆战心惊，但他们还是下定决心要到西巴尔巴去。他们回家只是为了道别。

"我们要出门了，"胡纳赫普和希巴兰克对老祖母和母亲说，"不过，代表我们命运的标志将留在你们身边。我们会各自在屋子正中栽一株未成熟的玉米苗。如果玉米苗干枯，那就说明我们死了。但如果它长出新芽，你们就知道我们还活着。还有您，母亲，您别哭。我们要去父亲和叔父在我们之前去过的地方了。"

希巴兰克率先种下他的玉米苗，随后是胡纳赫普。他们将玉米苗栽在屋里干燥的地面上，而不是湿润的田地里。

双生子带上各自的吹箭筒出发了。他们翻山越岭，沿着一条通往西巴尔巴的阶梯一路向下。在深入地底的途中，他们经过一道道峡谷、一条条河流，还遇到了一种名叫莫拉伊的鸟。

他们险些葬身水下，但他们骑在吹箭筒上，得以安全渡河。他们来到那处早有耳闻的十字路口：黑路、白路、红路和黄路。

男孩们派那只名叫闪的蚊子飞在前面探路。他们命令它："要是看到什么人，就吸他们的血。"

闪穿过路口向前飞去。出现在它面前的是那些木偶，它们看起来就像天之心-地之心最初创造的木人：面无血色，毫无侵略性，没有灵魂。与木人不同的是，这些木偶身披华丽的装饰。闪在第一个木偶身上叮了一口，但它一声不吭。蚊子又叮了旁边的木偶，这一个也不作声。

"哎哟！"闪叮到胡恩－卡魅时，他疼得大喊一声。

"怎么了，胡恩－卡魅？什么东西咬了你？"他旁边的下界神问道。蚊子意识到这些都是邪神，于是继续发起猛攻。

"哎哟！"乌库伯－卡魅尖叫起来。

"怎么了，乌库伯－卡魅？什么东西咬了你？"坐在第五位的下界神问道。

"哎哟！"库楚马基克也叫了起来。

"怎么了，库楚马基克？什么东西咬了你？"坐在第六位的下界神问道。

"哎哟！"西基里帕特喊道。

"怎么了，西基里帕特？什么东西咬了你？"坐在第七位的下界神问道。

这场攻势持续了好一阵子。

"怎么了，阿哈尔普赫？"

"怎么了，查米亚巴克？"

"怎么了，阿哈尔卡纳？"

"怎么了，查米亚霍隆？"

"怎么了，帕坦？"

"怎么了，基克西克？"

"怎么了，阿哈尔托克托伯？"

就这样，众神依次喊出各自的名字，他们的呼喊揭露了彼此的真名，一个也没落下。

双生子继续赶路，终于来到下界众神与木偶混坐的地方。他们事先已从闪那里得知了其中的关窍。

"向众神参拜。"一个声音说道。

"这些不是神，它们只是木偶。"双生子答道。他们开始出汗。接着，他们高声向众神致意：

"参见胡恩-卡魅！参见乌库伯-卡魅！参见西基里帕特！……"双生子转了一圈，一一唤出下界众神的名字，向他们问好。

众神指向一块滚烫的石头，对双生子说："请坐。"

"那不是座位。"双生子答道。他们可不打算像父亲和叔父那样任人愚弄。

"去那间屋子里。"众神命令他们。双生子循声望去：那就是黑屋。

是他们在西巴尔巴经历的第一场考验。

在双生子走进黑屋的那一刻，西巴尔巴众神觉得，他们就要打败胡纳赫普和希巴兰克了。

双生子得到一束山松火把和一根雪茄。"把它们点燃，但不要让它们烧光。"众神命令道，"明早日出时，把它们完好无损地还给我们。"

双生子没有点燃火把和雪茄。作为替代，他们把金刚鹦鹉红色的尾羽粘在火把顶端，它看起来仿佛是飘动的火苗。他们又在雪茄末端放了几只萤火虫，制造出同样的效果。

与此同时，下界众神信心十足，他们认定这第二对双生子会重蹈前一对的覆辙。但是到翌日清晨，信使却前来向众神报告，说两件物品都没有损耗。

"怎么可能？他们是从哪里来的？是谁创造了他们？是谁让他们来到世间？他们让我们好生烦恼。他们对我们的所作所为可真是不妙。他们的脸看起来很奇怪。他们的行为举止也很奇怪。"

双生子没有透露他们的秘密。

下界众神请胡纳赫普和希巴兰克来到他们面前。胡恩－卡魅和乌库伯－卡魅说："咱们来玩球吧。"

"同意。"双生子应道。

众神投出球。

"你们从哪里来？"

"我们不知道自己从哪里来！"

"用我们的橡胶球吧。"众神提议。

"不，"双生子答道，"用我们的。"

"我们不同意。"众神抗议。

"那好吧。"

西巴尔巴众神将球径直投进胡纳赫普一方的环中。他们立刻拿起石刀，要将双生子碎尸万段。就在那时，球沿着球场自己弹了起来。

"你们的比赛不公平！"双生子跳脚大喊，又叫又闹，让西巴尔巴众神头痛不已。"你们想杀我们？不是你们请我们来的吗？不是你们派信使来找我们的吗？你们真是不知廉耻。我们现在就走。"

"别走，年轻人。咱们继续玩球吧，现在用你们的球就是了。"

胡纳赫普和希巴兰克拿出自己的橡胶球，一上场就大显身手，占据了压倒性的优势。比赛很快就结束了。

输了比赛的西巴尔巴众神十分挫败，他们说："别以为这就完了。我们命令你们，去采摘一束红色的猪屎豆*花、一束白色的猪屎豆花、一束黄色的猪屎豆花和一束宽瓣花。明早我们再比试一场。"

猪屎豆是一种叶子可食用的植物，吃了它会让人昏昏欲睡。

他们的谈话到此结束。胡纳赫普和希巴兰克胸有成竹，说起话来也中气十足。但西巴尔巴众神确信，他们的好运气已经到头了。

在双生子出发准备去采花时，他们走进了刀窟——西巴尔巴的第二处酷刑之地。他们对满窟的刀锋说："你们只许切割动物的肉。"

英雄双生子小心翼翼，尽量避免在窟内移动。为了逃出生天，他们召唤出成群的蚂蚁——黑蚁、行军蚁，以及有着锋利大颚的切叶蚁。"去帮我们采来下界

---

*　指长喙猪屎豆，拉丁文学名 *Crotalaria longirostrata*。

众神栽种的金盏花、鸡蛋花和其他花儿。”

蚂蚁们前往胡恩-卡魅和乌库伯-卡魅的花园，去那里找寻花朵。下界众神已事先叮嘱过守卫花园的夜鹰："小心看护我们的花朵，别让任何人偷走它们。胡纳赫普和希巴兰克会来偷花。今晚都警醒些！"

然而，护卫们疏于防备。它们愉快地攀附在树枝上，反复鸣唱同样的歌谣：

"嘘噗噗喂嗑！嘘噗噗喂嗑！"

"噗呼哟！噗呼哟！"

它们只顾乐呵呵地哼着歌，完全没发现蜂拥而至的蚁群正在偷偷采摘花园中的花朵。蚂蚁们顺着树干爬上爬下，将夜鹰们团团围住。

蚂蚁采了满满四大碗花朵。翌日清晨，新鲜的花朵还挂着朝露。

信使们奉命来接胡纳赫普和希巴兰克。"一定要让他们带着战利品来！"

双生子带着下界众神要求的物品来到他们面前，众神大惊失色，面色铁青。他们质问花园护卫："你们为什么任由花朵被人偷走？"

"我们什么也没看见啊。"护卫们答道。

作为惩罚，它们的嘴被撕开了一个大口。因此，直到今天，夜鹰们总是大张着嘴。

蹴球比赛再次开始，但这次双方打了个平手。

"我们明早再赛一场。"西巴尔巴众神宣布。

接下来，他们走进了冷室。语言完全无法描绘出那里的严寒。室内充斥着猛烈的冰雹。那是寒冷的殿堂。不过，胡纳赫普和希巴兰克用枯木生起火堆，一夜无虞，直到太阳升起。

"怎么会这样？"西巴尔巴众神说。他们又将二人扔进豹穴，并对美洲豹们说："吃了他们。"

"如果你们不吃我们，我们就让你们得到一直渴望的东西。"双生子说完，将骨头扔给了美洲豹。它们围着骨头大快朵颐，任由他们从身旁走过，毫发无伤。

下界众神气得发疯。"他们到底是什么人？他们从哪里来？"

接着，胡纳赫普和希巴兰克被推进了火舍。舍内堆满了木炭和薪柴，翻腾着熊熊烈焰。但是，双生子没有被烧伤，因为他们用引火工具将火焰拨到了一旁。

日出时分，他们安然无恙。

绝望的众神将他们送进了蝙洞，那是吸血蝙蝠卡玛佐茨的领地。这些野兽的口鼻宛如利刃，是致命的武器。

双生子觉得他们可以睡在吹箭筒里，躲过蝙蝠的袭击。他们确实没有被蝙蝠咬伤。不过，有一只追随卡玛佐茨左右的蝙蝠俯冲下来，险些要了他们的性命。

整整一夜，蝙蝠们拍打着翅膀，发出"叽哩嗞！叽哩嗞！"的尖啸。有那么一阵子，它们紧紧围在双生子的吹箭筒周围，堵住了吹箭筒的开口。

"胡纳赫普，天快亮了吗？"希巴兰克问道。

"可能吧，我去看看。"胡纳赫普答道。他急切地探出头，朝吹箭筒外面望去。

"胡纳赫普，你还在吗？"希巴兰克问道，"天亮了吗？"然而，胡纳赫普刚一露头，就被卡玛佐茨削去了脑袋。

"太阳已经出来了吗？"希巴兰克问道，但胡纳赫普纹丝不动。"我的兄弟呢？胡纳赫普去哪儿了？"希巴兰克满心疑惑，"他出什么事了？"

胡纳赫普一点动静也没有。希巴兰克陷入了绝望。"天可怜见，"他感叹道，"我们被打败了。"

整个西巴尔巴陷入了狂喜。众神很快下令，将胡纳赫普的首级悬挂在球场高处。

天明之前，希巴兰克将大大小小的夜行动物全部召集到跟前，包括浣熊和野猪。

"你们都吃些什么？"他向百兽发问，"我要你们将各自的食物带到这里来。"

百兽闻声而动。有的衔来腐肉，有的叼来野草，有的则带来石块和尘土——动物们的食物可真是千奇百怪。

乌龟跟在后面，一摇一摆地拖着它的食物。终于，它走上前来，原来它拿来的是一个金丝瓜*。这个金丝瓜将成为胡纳赫普头颅的替代品。希巴兰克将在瓜上

---

* 又名鱼翅瓜、黑籽南瓜，拉丁文学名 *Cucurbita ficifolia*。

雕出兄弟的眼眸。

　　无数智者从天而降。天之心-地之心——也就是胡拉坎——在蝠洞上空显露真容。希巴兰克开始在金丝瓜上雕琢兄弟的面孔：眼眸，头发，每一丝细节都不遗漏。这可不是件容易的事，但结果相当不错：金丝瓜变成了一颗真正的头颅。他将它安放在兄弟的身体上。

　　"他能成功吗？"有动物疑惑地问道，"胡纳赫普会回来吗？"

　　"他会成功的，"其他动物小声说，"那颗头看起来就像真的骨头。"

　　动物们经过商议，达成了一致意见："希巴兰克，别去和西巴尔巴众神打蹴球啦。只要装装样子就可以了。"

　　"我要去。"这是他的回答。他对兔子吩咐道："你去球场旁边的番茄田里藏好。等球落在你身边，你就带着球跑出去。其他事情交给我就行。"兔子在夜里接受了这番指令。

　　天亮了。英雄双生子来到球场应战。下界众神又落了下风。两个男孩表现得仿佛一切如常，他们将球掷入环中。蹴球一落地，兔子便抓住它，窜出番茄田飞奔远去。众神一拥而上，争相追赶兔子，想把蹴球夺回来。

　　等他们都跑远了，希巴兰克赶紧取下兄弟的头颅，将它安回他的身体上，将金丝瓜放在悬挂胡纳赫普头颅的地方。

双生子欣喜若狂。他们继续和下界神比赛，最终打成了平手。

当西巴尔巴众神带着蹴球从番茄地回到球场时，他们被眼前的景象惊呆了。

"我们看见的是什么啊？"他们惊呼。

在接下来的比赛中，双方因情绪激动而多了几分敌意，打得难解难分。

希巴兰克扔出一块石头，砸中了悬挂在高处的金丝瓜。瓜跌落在球场正中央，碎成了无数块。

就这样，西巴尔巴众神成了胡纳赫普和希巴兰克的手下败将。

以下是关于胡纳赫普和希巴兰克之死的哀歌。

英雄双生子召来一对先知，告诉他们该如何预言自己的结局。两位先知的名字分别是舒鲁和帕坎。兄弟俩对先知说："西巴尔巴众神可能会请你们预言我们的死亡。见我们到现在还没有丧命，他们已经开始精心策划如何杀死我们。我们猜，他们会用篝火来了结我们。对此，整个下界已协商一致。但真相是，我们不会死去。下面，请谨记我们的嘱咐，你们必须如此应答：若被问起我们死后该如何处理、如何献祭，舒鲁和帕坎，你们要怎么回答呢？你们必须告诉他们说，胡纳赫普和希巴兰克不宜作为祭品，因为他们会因此而复活。若被问起是否应该将我们吊在树上，你们要回答，此举也不恰当，因为他们会因此而再次目睹我们的面庞。若被问到第三个问题，即是否应该将我们的骨殖抛进河里，这时你们要说，是的，这才是正确的处置方法。最好将我们的骨头放在石头上，像研磨玉米粉一样碾成粉末，然后抛撒到河水中。而且，要将二人的骨殖分开碾磨，先是希巴兰克，然后是胡纳赫普。我们会沉入河底，再漂到水面。奔流的河水会将我们的骨粉散播在大大小小的山峦之间。"

说完，他们向先知道别。现在，他们已完全清楚自己将如何死去。

西巴尔巴众神生起一堆熊熊燃烧的篝火，巨大的火堆围成炉灶的形状。他们邀请双生子前来与他们共饮佳酿。

胡恩－卡魅和乌库伯－卡魅的信使很快出现在他们面前。

"去把双生子找来，"他们发出命令，"让他们来瞧瞧，我们为他们准备了什么美味佳肴。让他们来做个见证，看我们如何了结此事。"

"遵命。"信使们答道。

双生子被带到火灶前。众神想强迫他们再比试一场蹴球。他们对双生子说："让我们再喝些甜饮料吧。"

然而，胡纳赫普和希巴兰克早已识破了他们的计谋。"休想让我们上当。我们早就知道，你们设计要害我们的性命。我们要反抗你们的欺压。"

双生子彼此对视，双臂环抱在一起，同时跳进火灶，双双殒命。

下界众神欣喜若狂。他们高声尖啸，以示庆贺。"我们打败他们了！他们终于完蛋了！"

"让我们举起手中的奇恰酒，每人绕篝火飞四圈！"胡恩－卡魅提议。

他们召来先知舒鲁和帕坎，问他们该如何处置双生子的尸骨。先知说，应当将骨头磨成粉末撒进河里。然而，骨粉并没有漂远，而是一直浮在水面上。

五天，英雄双生子再次现身。有人看见他们出现在水面上，两人都变成了人鱼的形态。西巴尔巴众神一看见他们的面孔，便下令四处搜捕他们。

翌日，两个可怜的流浪汉出现在西巴尔巴。他们老态龙钟，披头散发，衣衫褴褛，神情憔悴。西巴尔巴众神看见他们时，他们正跳着夜鹰舞和黄鼬舞。他们还与蜈蚣希祖斯和犰狳奇提克翩翩起舞。

他们表演了许多奇迹，比如将树枝搭成的房屋点燃，很快又让它们恢复如初。西巴尔巴的民众都来观看这两个流浪汉的表演，为之赞叹不已。

接着，他们将自己献祭。其中一人将匕首刺入胸膛，一命呜呼，随后却又立刻活了过来。在场的人都不敢相信自己的眼睛。

舞者卖艺的消息传到胡恩－卡魅和乌库伯－卡魅耳中。他们问道："这两个流浪汉是谁？他们真能表演这么精彩的节目？"

带来消息的人答道："他们的舞姿实在是美极了，其他表演也一样。"

生动的描述让众神大喜，他们派信使去请这两位来访者。为了成功说服他们前来，众神许诺了各种各样的奖赏作为诱饵。"让他们到这里来。我们想欣赏他们的技艺，看看有多让人惊奇。"

信使们奉命行事，将众神的要求传达给了两位舞者。

"我们可不想去，"他们答道，"说实话，破衣烂衫和丑陋面容让我们自惭形秽。我们什么都不是，只是一对傻瓜罢了，难道你们看不出来吗？跟着我们的那些可怜人也想看我们的舞蹈取乐，我们又该怎么和他们交代呢？我们不是下界神的人。"

但信使对他们纠缠不休，用厄运威胁他们。最后，信使给了他们足够多的贿赂，他们方才同意前往。他们磨磨蹭蹭地前行，尽量拖延抵达的日子。

等他们终于来到下界众神面前时，已经筋疲力尽。不过，他们还是装出一副受宠若惊甚至唯唯诺诺的模样。

当被问起他们的故乡、族人乃至父母的情况时，他们说自己一无所知。"我们很小的时候，父母就都去世了。"他们答道。

"表演你们的把戏吧，让我们开开眼。"众神命令道，"我们会好好奖赏你们的，你们想要什么就有什么。"

"我们什么都不想要。我们无愿无求，只是这次觐见让我们胆战心惊。"

"不必害怕，"众神说，"跳舞吧！就从你们杀死对方的那部分开始。把这宅子烧光，亮出你们平日里所有的本领。我们会好好欣赏你们的表演，此乃我等心之所愿。等你们结束表演，我们一定让你们带着赏赐离开此地。"

两个流浪汉唱起歌，跳起舞，西巴尔巴的全体民众都聚拢在他们周围。二人表演了夜鹰舞和黄鼬舞，与蜈蚣希祖斯和犰狳奇提克翩翩起舞。

乌库伯-卡魅说："把我的狗杀了，再让他活过来。"

109

"可以。"两位舞者应道。他们杀死了下界神的爱犬，很快又让他起死回生。死而复生的狗看起来十分欢快，卖力地摇着尾巴。

接着，胡恩-卡魅说："把我的宅子烧个精光。"二人按他的要求，烧垮了胡恩-卡魅的宅邸，然后又让屋子恢复如初。

下界神看得目瞪口呆。"现在杀个人，拿他去献祭，但不许让他死。"

"我们愿意接受挑战。"两个流浪汉再次应允。他们拉过一个人，将他献祭，高举他的心脏送到下界神面前。

胡恩-卡魅和乌库伯-卡魅瞠目结舌。一分钟后，被献祭的男人恢复了生命，心脏搏动如常。

事实上，这两个流浪汉就是乔装打扮的胡纳赫普和希巴兰克。

"现在献祭你们自己！"西巴尔巴众神命令道。

于是，双生子献祭了他们自己。希巴兰克杀死胡纳赫普，砍下他的双臂、双腿和头颅，将他的心脏从胸腔里掏出来。

众神连话都说不出来。现在，只有希巴兰克独自起舞。

"站起来。"他命令道。他兄弟的身体一下就恢复了生命。

现场一片兴高采烈。

胡恩－卡魅和乌库伯－卡魅说："我们也要！献祭我们吧！把我们杀掉吧！"

"好的。"他们欣然同意，并且保证之后会让下界神一一复活，尽管他们并不打算这么做。

最先被杀死的是胡恩－卡魅。在他死去之后，乌库伯－卡魅也被杀死。

就在西巴尔巴众神等待流浪汉的下一个动作时，二人离开了现场。

疑虑的情绪淹没了在场的诸位。他们开始飞速逃窜，寻找距离最近的逃生之路。他们跑到大峡谷边，接二连三地跳下去，堆成了一座小山。这时，数不清的蚂蚁出现在谷底，将他们吃干抹净。

双生子这才亮明了自己的身份。

"听好了，这是我们的名字：胡纳赫普和希巴兰克。我们还要告诉你们我们父辈的名字：就是被你们害死的胡恩-胡纳赫普和乌库伯-胡纳赫普。我们来到你们跟前，就是为了替他们报仇雪恨。我们经受了你们加诸他们的所有恶行。所以，我们要将你们彻底消灭。西巴尔巴众神，你们一个也跑不了。"

还活着的下界神纷纷跪下。"饶过我们吧，胡纳赫普和希巴兰克！我们对你们的父辈犯下了罪过，他们现在就埋在普克巴斯！"

"你们不配得到宽恕。听好了，这是你们的惩罚：你们再也玩不了蹴球了；从今往后，你们的供品只能是巴豆的汁液；你们只能使用破损的煎锅和其他破烂；只有生于苇草丛和荒漠的孩子才会对你们开口说话。你们将体会到你们血脉的卑微。"

与此同时，在胡纳赫普和希巴兰克家中，老祖母正在孙子们栽于屋内的玉米苗前痛哭。玉米苗先是萌生出新芽，随后却干枯了。她等了一段时间，欣喜地发现它们又发芽了。她满心欢喜，在玉米苗周围点亮一圈蜡烛，摆成一种名叫尼卡赫（意为"房屋的中心"）的祭坛的形状。这种祭坛也被称为"南境活玉米"。

直到今天，胡纳赫普仍是基切二十日历法中一日的名字。我们建起祭坛，焚香献花，供奉食物，以志纪念。

　　不幸的是，西巴尔巴众神之后又死灰复燃。

Part III:
Sunrise

第三部分

日出

现在，让我们来听听人类如何被创造出来，他们的旅途又如何以劫难告终的故事吧。人类的出现与日出密切相关。

在人类之前，创世神已尝试过好几次别的创造：山峦与河流，百兽与百鸟，还有木人一族。创世及造物者特佩乌和库库玛茨说："时机已到，该完成我们业已启动的工作了，让我们的造物来敬奉和供养我们吧。现在，该让眼明心亮的儿女和文明开化的封臣出现在世间，让人类在大地上开枝散叶。"

他们在夜色中思考和讨论。他们在帕西斯和卡亚拉找到了用于造人的黄玉米和白玉米。正因如此，基切人的血脉根源于玉米，而吃面包的外邦人则是小麦的子民。要成为 qas winaq，也就是真正的人，就必须吃玉米。语言也将从玉米中诞生。

发现这种食物的是狐狸雅克、郊狼乌提武和长尾鹦鹉凯斯。它们为神指出了

通往帕西斯和卡亚拉的路。于是，玉米融入人的骨肉之中，造就了人类之血。就这样，玉米成了人类身体的一部分。

特佩乌和库库玛茨对他们创造完毕的美丽世间满心欢喜。大地上喜气洋洋，硕果累累：有黄玉米和白玉米；有果实和种子，包括四季豆、可可豆、黑肉柿、番荔枝、红酸枣、香肉果；还有蜂蜜。一切生活必需的食物都应有尽有。

在流水赋予人力量的同时，食物也进入人的肉体。人类与木人一族的显著区别在于：人体内有血液奔流，就像河流一般。此外，人类还有灵魂，那是一个自肉体降生之时起便与之形成羁绊，并以无法预见的方式与肉体交流沟通的灵体。

在那之后，特佩乌和库库玛茨开始商议，要创造我们最初的母亲和父亲。创世及造物者用白玉米和黄玉米塑成了他们的血肉，四个男人就这样被造出来了。他们就是我们的始祖。

以下是最初被创造出来的四个男人的名字：第一个名叫巴兰-基策，第二个名叫巴兰-阿卡伯，第三个名叫马胡库塔赫，第四个名叫伊基-巴兰。他们的血液中蕴藏着神赐的真知灼见。

他们没有肚脐，因为不是由母腹所生。他们也不是特佩乌和库库玛茨经过深思熟虑而精心设计的造物。相反，他们是机缘凑巧、造化天成的奇迹。不过，他们确实是人类，因为他们能说话、能看见、能听见、能走路，也能用手抓握物品，他们都是拥有智慧的英俊男性。在欣赏穹庐般的天空和广袤无垠的大地时，这四人能够意识到自身的局限。但是，他们也很容易沉醉于自身的力量。

创世及造物者不喜欢人类表现出来的傲慢，他们问这四人对自己的状态做何感想。四人立刻向神明表示感激："我们感谢创世及造物者的恩德。我们已学到了一切知识，无论宏大还是渺小。我们被赐予了感官和知觉。我们还懂得分辨天地间万物的远近和大小。"

没过多久，他们的女性伴侣也被创造出来，因为只有成婚之人才被视为完整之人。这些女人在梦中降临世间，生来便拥有真知灼见。四个男人醒来后，立刻与这些女人结为夫妻，沉浸在幸福之中。

以下是四位妻子的名字：卡哈-帕鲁娜、丘米哈、祖努妮哈和卡基夏哈。四对男女繁衍生息，由此孕育出所有的基切部落。

巴兰-基策是卡威克九大家族的先祖。巴兰-阿卡伯是纳哈伊伯九大家族的先祖。马胡库塔赫则是阿豪基切四大家族的先祖。

人类在东方繁衍生息，分为黑人、白人和其他人种。有些人住在丛林里，他们没有房屋。

所有人都聚在一起，向天之心-地之心祈祷，企盼日出："愿我们的族人福运昌隆。愿他们获得喜乐，远离恐惧。愿他们安宁度日，永无战乱之虞。"

然而，他们没有得到回应。诸神对人类在大地上的行径深感失望。太多谎言，太多纷争，太多暴行。为了表达自己的不满，诸神推迟了日出的到来。

天之心－地之心很不高兴。"我们的造物所说的话很不对劲，"特佩乌和库库玛茨坦言，"该拿他们怎么办呢？他们的目光应该只能看见眼前的事物，看见大地上一小部分有价值的事物才对。可他们本质上不就是仿照我们造出的生灵吗？他们会不会也想成为神明？如果他们不去生儿育女该怎么办？如果他们不再在大地上繁衍生息该怎么办？"

创世及造物者接着说："他们说的话很不好：'我们已学到了一切知识，无论宏大还是渺小。'让我们为他们的欲望画上休止符吧，因为我们在人类心中所见的情形不甚理想。他们或许觉得，自己能与我们——他们的创造者比肩，和我们一样能看到千里之外的疆界，能从无数视角知晓古往今来的一切？"

天之心－地之心决定改变这些造物的本质。迷雾升起，笼罩了人类的视野，

天之心

地之心

一切都像镜中月影一般晦暗不明。从此，人类的判断力大打折扣。

基切人对这些都一无所知，他们直到被始祖愚弄才恍然大悟。

始祖们——巴兰-基策、巴兰-阿卡伯、马胡库塔赫和伊基-巴兰——等
待着日出。到最后，他们终于失去了耐心。

他们说："天之心-地之心不再眷顾我们。让我们去寻找其他能庇佑我们的偶像吧。现在身处此地，我们没有庇护者。"他们又说："庇护者能为我们做主，能赐予我们秩序。"他们听说，在危地马拉高地上有一座被称为图兰苏伊瓦的要塞，那里是许多人长途跋涉的目的地。

很快，好几位偶像神出现，取代了天之心-地之心在基切人中的地位。第一位是托希尔，这位神掌管酬劳和债务、义务和贡品，同时也司掌雷霆。是巴兰-基策将托希尔安放在神龛里，带到族人面前的。

接着出现的是阿维利什，这位神由巴兰-阿卡伯带来。有时，阿维利什会以年轻男子的形象出现。另一位名叫哈卡韦茨的神由马胡库塔赫带来。伊基-巴兰则带来了一位名叫尼卡塔卡赫的神。这些偶像神都十分骄横，将自己塑造成施加酷刑者的形象，用威胁树立威信。

四位始祖向基切人宣布："我们终于找到了一直苦苦寻觅的事物。"

在基切部族中，虽然大家都很穷，但人人都有坚定的决心。然而，他们刚一抵达图兰苏伊瓦，就发现这里生活着拉比纳尔、喀克其奎、阿赫契基纳哈、雅基等所有在战争中被他们征服的部落。他们的语言各不相同，这意味着他们不可能会聚在一起，组成统一的国度。

"哎呀，"基切人感叹道，"我们得到了神的庇护，却失去了与人沟通的能力。我们是不是被骗了？"

时，他们没有火。只有托希尔的追随者才有。

那"哎呀，我们要冻死啦。"听闻这话，托希尔应声道："我是你们的神。"没过多久，一场暴雨裹挟着冰雹，打在所有人身上，熄灭了火焰。

基切人在战争中俘虏的其他部落子民也都冻得瑟瑟发抖。他们前来求助："可怜可怜我们吧。想当初，我们刚被创造出来时，不都来自同一片家园吗？"

其实，他们正在暗地里密谋造反。一位长有蝙翼的信使从西巴尔巴来到基切人面前，说道："托希尔承载着你们的创世及造物者的记忆。不要把火传给其他部族，除非他们向托希尔敬奉贡品。至于你们应该拿什么作为贡品，你们自己去问托希尔吧。"

他们按吩咐照做。所有密谋反抗的部落都接受了他们的条件。

只有一个部落不愿屈服，那就是发源于佐齐尔族的喀克其奎部落。他们崇拜的偶像神名叫查马尔坎，外形好似蝙蝠。他们策划了一场反抗基切人统治的运动。他们以弓箭和石块作为武器，计划十分简单：当基切人向托希尔跪拜时，他们就上去将基切人团团围住，一网打尽。

但基切人没有败在他们手下，相反，他们杀死了许多喀克其奎人。剩下的喀克其奎人逃往他处，创建了另一个王国，从此自由自在地生活在那里，直到被佩德罗·德·阿尔瓦拉多征服。

时至今日，喀克其奎人的后代仍在使用自己的语言。他们偶尔会帮助那些蓄须的白人。他们的都城坐落在旧米斯科的废墟之中，距离奇马尔特南戈不远。

在图兰苏伊瓦，当地素有在等待日出时斋戒的习俗。基切人轮流守望，等待那颗被他们唤作伊科基赫的明星，这颗明亮的星星总是在日出之前高悬于夜空。

133

但是伊科基赫迟迟没有出现。于是，基切人抛下图兰苏伊瓦，开始向东方迁徙。"这里不是我们的家，"托希尔对他们说，"让我们去找个能安居乐业的地方吧。"如此，托希尔对巴兰-基策、巴兰-阿卡伯、马胡库塔赫和伊基-巴兰表达了他的意愿。四人向族人宣布："放下你们手头的活计。拿上刺耳取血需要的工具，前来献上你们的祭品，以此向神表达感激。"

他们刺破耳朵，让鲜血喷溅而出。他们吟诵着歌谣，为告别图兰苏伊瓦而哭泣。

"啊，我们心中充满痛苦，因为我们不可能在这片土地上看到日出。"出发时，他们这样说道。

他们只留下少数人继续住在城里，为了保存他们的记忆。

们来到一座大山的山顶。基切人的所有部族都聚集在这里，只有喀克其奎人除外。在山顶，他们为下一步如何决断而寻求建议。那座山如今被称为奇皮夏伯山。

"我们是基切一族，你们将成为塔穆伯族，还有你们将成为伊洛卡伯族，这就是你们的姓氏。基切人的这三大部族永远不会消亡，因为他们都有着共同的命运。"

他们还命名了拉比纳尔族，拉比纳尔人一直沿用这个称呼，从来不曾忘却自己的姓氏。契基纳哈族也是一样，契基纳哈人至今还沿用这个名称。

他们全都聚集在一起，观测伊科基赫的位置，等待着日出。他们说："我们是流浪的子民。"

他们饥肠辘辘。

但伊科基赫没有出现。

我们不知道他们究竟如何渡过大海，又回到他们最初发源的地方，我们只知道水面上有石头组成的小径，他们踩着石头走过水面。他们将这些石头称为"石排道"，也叫"碎沙路"。

他们聚集在那座名为奇皮夏伯的大山里。他们一直将托希尔带在身边。巴兰-基策和妻子卡哈-帕鲁娜在一起。巴兰-阿卡伯和妻子丘米哈在一起。马胡库塔赫和妻子祖努妮哈在严格执行斋戒。伊基-巴兰和妻子卡基夏哈在一起。

始祖们在黑夜中禁食斋戒。

托希尔、阿维利什和哈卡韦茨对始祖们说："我们必须动身了。黎明的脚步越来越近。快把我们藏起来。如果我们被敌人囚禁在笼凳里,那将是奇耻大辱。去找一个与我们身份相称的居所。"

"我们这就出发,"始祖们答道,"我们将去丛林里找寻。"

他们各自负责自己的神。就这样,他们带着阿维利什来到了艾瓦巴斯伊万——那道大峡谷位于丛林之中,如今被称作帕阿维利什。巴兰-阿卡伯将阿维利什安顿在了那里。

其他偶像神也都得到了安置。哈卡韦茨被放置在一座红色金字塔的顶部,金字塔坐落在一座小山上——如今,那座山就叫作哈卡韦茨山。

马胡库塔赫依旧守着他的神。

接下来是巴兰-基策，他来到丛林中的一座小丘，将托希尔藏在那里。毒虫猛兽遍布四周：毒蛇、蝮蛇、响尾蛇和美洲豹。那座山如今被称为帕托希尔。

　　但是，夜复一夜，始祖们无法安睡。他们无法遏止内心涌动的焦躁。他们深知自己大限将至。天之心-地之心当初命令他们去领导基切一族，但他们却更关心他们自己。也许，这正是他们没有肚脐的原因，尽管他们——巴兰-基策、巴兰-阿卡伯、马胡库塔赫和伊基-巴兰——原本就是用白玉米和黄玉米做成的。

　　宽纵自己，是领导者的大忌。

140　　始祖们、他们的偶像神和基切一族都很清楚：日出不会到来。

Part IV:
Promise

第四部分

应许

1

毁灭悄然来临。当我们自己的领袖与我们反目成仇，那便是大难临头的
时刻。祸患在很久以前便初露端倪，谁也没有充分意识到隐患，直到
为时已晚。

这场灾难的开端，是我们的始祖——巴兰-基策、巴兰-阿卡伯、马胡库塔
赫和伊基-巴兰——自诩为半神。每当大路上有行人经过，始祖们立刻表现得活
像郊狼和野猫，模仿美洲狮和美洲豹的低吼和咆哮。

"他们想假装自己不是人类，想戏耍我们大家，"人们议论纷纷，"这就是
他们内心的想法，他们想离我们远远的。"

事实是，始祖们躁动不已，不得安宁。日复一日，他们回到家中，带回黄蜂、
蜜蜂和熊蜂的幼虫，给家中等候的妻子食用。他们的妻子对这样的食物心满意足，

但这一迹象表明，始祖与族人的关系已十分紧张。已经能清晰地觉察到，反抗在暗中酝酿。

于是，始祖们来到托希尔、阿维利什和哈卡韦茨面前。他们要求得到特殊对待。

转变开始了。始祖们在偶像神面前刺破自己的耳朵和手臂，将流出的鲜血收集起来，注入石像旁边的瓶子里。不过，这些神像其实并不是真正的石头。得到鲜血的滋养，三位偶像神都化身为男孩的形象。

"我们要汲取全新的力量和元气。"始祖们对血液的渴望无休无止，欲壑难填，他们开始为自己索要贡品。他们向族人宣布："如果服从我们的命令，你们就能早日得到救赎！"

很 快，他们将矛头转向了基切人的战俘。没过多久，乌克阿马戈部落惨遭屠戮，尽管他们实在无辜。

　　始祖们将赶路的行人掳走，拖到托希尔和阿维利什面前献祭，然后将他们的鲜血泼洒在大路上，将他们的头颅摆在路边张扬。如果族人问起发生了什么事，始祖们便谎称："美洲豹吃了他们。"

　　部落子民意识到这场惨剧的严重性时，已经为时已晚。他们开始怀疑自己的神明："有没有可能是托希尔和阿维利什的过错？"终于，他们的疑心聚焦到了始祖们身上："他们自称与我们的贵族血脉相连，可他们的屋宅到底在哪里？"

　　聚在一起商议后，他们开始追踪蛛丝马迹。他们只发现了美洲豹和其他野兽的脚印。最先发现的脚印前后颠倒，很难跟踪，留下的路线也不甚清晰。地面升起滚滚浓雾，空中降下黑雨，周围一片泥泞。接着又下起蒙蒙雾雨。这就是基切人所见的情形。他们满心疲惫，不想再继续找寻，因为托希尔、阿维利什和哈卡韦茨实在是法力高强。三位偶像神跑到遥远的群山之巅，潜藏在村庄附近，继续残杀村民。

这时，托希尔、阿维利什和哈卡韦茨已化为三个年轻男子的形象，举手投足间显露出品德正直的模样。他们用一块魔法石问卜吉凶。

他们在一条河中沐浴，河的名字就叫"托希尔的浴池"。"我们怎么才能打败他们呢？"人们思忖道。只要人们一看见他们，他们就会立刻消失。

发现始祖和偶像神的消息不胫而走。贵族们聚在一起商议对策，他们请求所有人都来帮忙："我们谁也不能落后。如果我们注定要成为这些绑架行径的牺牲品，那就尽管来吧。托希尔、阿维利什和哈卡韦茨非常强大，但他们不可能打败我们。我们的人难道不够多吗？卡威克的基切人倒是不多。"

于是，他们决定采取一条过去曾经奏效的计谋："我们派几个美少女去见他们。始祖们一定会被欲望折服。"

他们挑选出两位少女，仔细叮嘱她们："去吧，女儿们。到那条河边去洗衣服。如果你们看见三个年轻男人，就在他们面前脱下衣服。等你们发现他们欲火焚身，就对他们说，你们是贵族家的女儿。"

他们又补充道："一定要脱光你们的衣服。如果他们想亲吻你们，你们就以身相许。如果你们不从，我们就会杀了你们。拿上他们的衣服带回这里，作为你们完成任务的证明。"

被选中的两位少女名叫希塔赫和希普奇。她们的勇气无人能比。两位少女被送到托希尔、阿维利什和哈卡韦茨沐浴的河边。她们穿着自己最漂亮的衣服出发了。

一来到河边，希塔赫和希普奇就开始浣洗衣服。当托希尔、阿维利什和哈卡韦茨来到时，她们就脱去衣服，下水走到河石边。少女的出现让三位偶像神十分意外，但完全没有挑起他们的欲望。偶像神问少女："你们从哪里来？到河边来做什么？"

"我们奉贵族之命而来，"少女们答道，"我们奉命来见托希尔的真容，还要带上证据回去复命。"

托希尔、阿维利什和哈卡韦茨对她们说："请稍等，你们自会得到你们所求的证物。"

托希尔命令巴兰－基策、巴兰－阿卡伯和马胡库塔赫为少女们准备四件绘有图案的斗篷。伊基－巴兰没有准备斗篷。在巴兰－基策准备的斗篷上，托希尔画了一只美洲豹。巴兰－阿卡伯在自己的斗篷上画了一只鹰。马胡库塔赫在斗篷上画的是黄蜂和马蝇。画好后，他们便把这些斗篷交给了河中的少女。"这就是你

们曾和托希尔交谈的证物。把这些斗篷交给部落的贵族们，让他们穿上吧。"

希塔赫和希普奇带着斗篷回去了。见她们回到部落，贵族们都满心欢喜。

"你们看见托希尔的脸了？"

"是的。"希塔赫和希普奇答道。

"你们有证物吗？"

两位少女展开绘有美洲豹、鹰、黄蜂和马蝇图案的斗篷。贵族们一见到这些斗篷，恨不得马上披到身上。

152

当第一位贵族将绘有美洲豹的斗篷披在背上时，什么都没有发生。第二位贵族披上绘有雄鹰的斗篷，感觉十分舒适。他们在众人面前炫耀这身打扮。接着，第三位贵族脱下自己的衣服，将那件绘有黄蜂和马蝇的斗篷披在自己肩头。刹那间，黄蜂和马蝇活了过来，开始叮咬他们。难忍疼痛的贵族们尖叫起来。

没过多久，他们质问希塔赫和希普奇："你们带回来的究竟是什么斗篷？"

最终，他们说："族人被托希尔打败了。我们的神不再代表我们。反抗的时候到了。"

3

众部落再次开会商议："我们该怎么办？我们的始祖成了叛徒。他们威力强大，我们的一切努力都可能被他们暗中破坏。我们必须拿起盾牌和弓箭杀死他们。我们的人数不是很多吗？应该由占多数的人来统治。我们中的任何人都不许后退。"他们这样说道。于是，所有人都拿起武器。现在，做好杀戮准备的敌人数量十分可观。

起义开始了。始祖们聚集在名叫哈卡韦茨的小山上，山顶的面积很小。众部落决定，趁敌人聚在一起的机会将他们一网打尽。所有人都带着武器。所有人都服从命令。

"他们一定会被消灭。我们要让托希尔变成俘虏。"

然而，托希尔早就知道了一切，巴兰-基策、巴兰-阿卡伯和马胡库塔赫也一样，因为他们在焦躁的煎熬中永远无法安眠。

战士们向山顶冲去。但由于前一晚彻夜未眠，他们十分疲惫。很快，他们便昏睡过去，眉毛和胡须被剃掉，身上的金属装饰、头冠和项链也都被抢走。这是为了惩罚他们，羞辱他们。

等众人醒过来，他们的第一反应就是去找自己的头冠和手中的枪棍，但却一无所获。"是谁夺走了我们的武器？是谁剃光了我们的胡须？偷走我们族人的也是这些恶魔吗？他们想吓倒我们，可他们绝不会得逞。我们要用武力征服敌人的城池，这样才能再次见到我们的银子。这就是我们要做的事。"

始祖们的心刚硬如铁。他们在城外筑起一圈高墙，像篱笆一样将城池围住。他们造出好些看起来与真人无异的傀儡，让它们列队站在城墙边。他们给这些假人装备好盾牌和弓箭，又给它们戴上金属头冠作为装饰。

他们还绕城挖出了许多大深坑。他们向托希尔征求意见："他们会打败我们吗？我们会死在这场战斗中吗？"

此刻的托希尔也站到了与基切人对立的一面。他对始祖们说："我就在这里，就在你们身边。不用害怕！"

他们还捉来了黄蜂和马蝇，将它们装进四个大瓮，用来对付基切人。他们把大瓮摆在围城的四角，然后自己躲藏起来。

在围城外，众部落派出斥候，按计划埋伏在城墙附近。但他们只看到了缓缓摇动盾牌和长弓的人偶。这些人偶看起来就像士兵。见人偶的数量不多，斥候们松了口气。

相比之下，部落大军人数众多，而且都是英勇的战士。

 战士们兵临城下时，始祖们聚在山头，他们的妻子儿女也在身边。

部落众人高举盾牌和箭矢，将环城的堡垒团团围住，擂起战鼓。他们精力十足地吹着口哨，高声长啸，呼喊敌人出来应战。

贵族们远远看见了站在城墙之后的始祖和偶像神，看到他们带着妻儿家小站在那里。幸运的是，贵族们没有被吓倒。他们指挥军队井然有序地排好阵型。

就在城池被围得水泄不通之时，四个巨瓮被打开，从中窜出的黄蜂和马蝇遮天蔽日。战士们都被叮得浑身是伤。

"这些虫子是怎么跑到这里来的？"

铺天盖地的黄蜂和马蝇发出狂怒的嗡嗡声，劈头盖脸地扑向战士们，让他们无法使用武器，只能蜷起身子缩在地上。他们躺倒在地，痛不欲生，就连巴兰-

基策和巴兰－阿卡伯的斧子劈在身上也浑然不觉。始祖的妻子们也前来助阵，大开杀戒。数百人折损在此地。冲锋在前的人也是最先送命的人。

勇气变成了折磨。

倍感屈辱的部落投降了。"请怜悯我们吧，"他们说，"别杀我们。"

"你们得成为我们的仆人。"始祖们对他们说。

就这样，众部落被我们的先人打败。这场战斗发生在哈卡韦茨山，正是在那里，众部落开始成为基切一族，在那里繁衍生息，他们的女儿在那里身怀六甲，他们的后裔在那里呱呱坠地。

马胡库塔赫

巴兰-基策

巴兰-阿卡伯

伊基-巴兰

背叛我们的始祖——巴兰−基策、巴兰−阿卡伯、马胡库塔赫和伊基−巴兰——最终还是死了。他们的消亡给了基切人一丝喘息的机会。

《波波尔乌》旨在确立各大家族的血脉世系，因为，记住谁属于哪个家族，这很重要。那位蓄须的白人一心要瓦解我们的传统，在他到来之后，蹴球比赛日渐荒废。我们必须反抗：要始终牢记我们是什么人，发源于何地。

始祖们意识到自己大限将至，他们抓紧时间对儿女们提出忠告。

那时，他们并没有生病，也没有将死之人的痛苦。

以下是他们子孙的名字：巴兰−基策是卡威克九大家族的先祖，他有两个儿子——科卡威伯和科卡比伯。

巴兰−阿卡伯是纳哈伊伯九大家族的先祖，他有两个儿子——库阿库斯和科阿库特克。

马胡库塔赫只有一个儿子——库阿豪。

伊基-巴兰没有男性子嗣。

始祖与孩子们告别。四人一起唱起歌谣，心中充满悲切。当他们唱起那首名为《卡穆库 *》的歌谣时，心中又洋溢起暖意。

"孩子们！我们已经做好了离开的准备，但我们有一些睿智的忠告和中肯的建议要留给你们。还有你们，我们的妻子，你们应该去拜访我们遥远的故土。这场回归至关重要。有升必有降，有始必有终。这就是生命的轮回。你们必须回到我们的发源地，回到被我们抛在东方的故乡。那里永远属于我们，你们今后将在那里安然度日。大自然的力量是无形的。我们的鹿神已经归位。我们完成了自己的使命。要记得我们！不要将我们从记忆中抹去。你们要沿着脚下的小径继续前进，回到你们的家园，回到你们的群山之间。"

这就是他们在告别时的嘱咐。巴兰-基策留下了一件信物。

他们没有被妻儿埋葬，因为他们消失得无影无踪，没有留下一丝痕迹。妻儿为他们焚香。

---

* 根据丹尼斯·特德洛克的考据，"卡穆库"的意思是"罪责在我们"。

族人一直将他们铭记于心，始终将他们包裹在记忆之被里。那件信物被称为"伟大的包裹"。这四位始祖是第一批来自大海另一边的人，那里是太阳诞生的地方。

　　巴兰-基策、巴兰-阿卡伯和马胡库塔赫的妻子们也死在了群山之间。他们背叛族人的行径终于画上了句号。

来，始祖后裔中的科卡比伯、科阿库特克和库阿豪决定到东方去，他们从未忘记自己的祖先，希望完成先人的遗愿。这是在始祖们逝去很久之后才发生的事。

出发时，这三人说："让我们去我们发源的土地吧。"

他们都不是碌碌无为之辈，三人都聪慧过人且阅历丰富。他们各自与家人和亲友告别，兴高采烈地出发了。"我们不会死在路上，我们一定会回来。"他们说。

为了抵达东方，他们渡过了大海。他们从当地的领主——东境之王纳克希特那里得到了旗帜，还从同为王族成员的阿赫波普-坎哈和阿赫波普那里得到了旗帜。除了旗帜，他们还赠予三人一把交椅、数把笛子、美洲狮和美洲豹的爪子、鹿头和鹿腿、蜗牛壳、烟草、西葫芦、鹦鹉羽毛，还有护鼻和鹭鸟羽毛。他们把这些物品全都带到了图兰苏伊瓦。

当科卡比伯、科阿库特克和库阿豪抵达那座名为哈卡韦茨的城镇时，塔穆伯和伊洛卡伯两个部落一同前来欢迎他们。三人从此接过大权，成了统治者。

拉比纳尔人十分欣喜，喀克其奎人和阿赫契基纳哈人也是如此，他们一起分享了三人带来的旗帜和其他物品。

很快，幸存者们又离开哈卡韦茨，去寻找其他栖身之所，打算建立新的城池。就这样，他们建造起了那座名为奇伊斯马奇的城市，在那里安居乐业，繁衍生息。他们用自己的女儿交换厚礼，这项风俗为他们带来了利益。等到另外三大部族——卡威克、纳哈伊伯和伊洛卡伯——加入他们之后，基切人一举统治了其他部落。他们从被统治者中挑选妻子。

在放弃奇伊斯马奇之后，他们又来到另一处地方，建立起一座名为库玛尔卡赫的古老都城——今天，这座城市的名字是圣克鲁斯，位于危地马拉境内的基切省。在库玛尔卡赫，他们再次分为数支迁徙出去，建立了许多新的城市——奇基什、奇恰克、胡梅塔哈、库尔巴和卡维纳斯。由于人口众多，他们还曾寻找其他安身之所。

迁徙是惩罚的一种。最初前往东方的基切人早已死去。他们走过许多地方，吃过太多苦头，无法适应这一路上的艰难跋涉。他们渴望归乡，就像我们这些后人一样。如今，在向北迁徙的进程中，我们这些后人渐渐忘记了自己的根。

迁徙之人在那座名为奇伊斯马奇的美丽城池里发展壮大，建起许多灰泥建筑。他们历经了四代国王的统治。

科纳切和贝勒赫伯-凯赫是奇伊斯马奇城的统治者。在他们之后是科图哈王和伊兹塔尤斯王，他们也被冠以阿赫波普和阿赫波普-坎哈的称号。这座城市以色彩缤纷的飞禽而闻名。据说，天之心-地之心创造的每一种鸟都在这座城市留下了一根羽毛。

奇伊斯马奇城只出现过三个王朝。一个是卡威克王朝，另一个是纳哈伊伯王朝，第三个是阿豪基切王朝。其中只有两个王朝后继有人，也就是基切支系和塔穆伯支系。

他们都生活在奇伊斯马奇城中——团结一心，没有纷争，和平共处，彼此毫

阿赫波普

阿赫波普-坎哈

无羡慕或嫉妒之心。不过，这座城池的繁盛只局限在一定范围之内：他们不愿扩张领土。

见此情景，伊洛卡伯人挑起了一场战争。他们想杀死科图哈王，只留下一位首领。至于伊兹塔尤斯王，他们打算对他施以惩戒。但在他们动手之前，科图哈王便染病去世。

最终导致战争爆发的是一场暴动。暴动者想要彻底毁灭基切人，自己取而代之成为统治者。不过，等待他们的只有死亡。暴动者成了俘虏，而且在很长时间里都是俘虏。逃走的人不多。

很快，人祭开始了。根据科图哈王的敕令，伊洛卡伯人被当作祭品，以惩罚他们的罪行。此外，还有很多企图让基切人覆灭的人都成了奴隶。

此时的基切帝国幅员已经相当辽阔。一位拜访者曾描述道，其领土广袤到"太阳在帝国境内永不落"。从各方面来看，基切帝国的统治者都是杰出的国王，没人能凌驾于他们之上，也没人能污损奇伊斯马奇城的荣光。

无论规模大小，见证俘虏们到来的每一个部落都心生畏惧。根据纳哈伊伯和阿豪基切两个部落的首领科图哈王和伊兹塔尤斯王的命令，这些被俘之人都成了祭品。

奇伊斯马奇城里只有基切家族的三个支系。每当部族的年轻女子们被男子求婚时，大家便会恣意狂欢，纵情作乐。通过联姻，三个王朝结为一体，共享美食与美酒。

　　"这就是我们表达感激的方式。这就是我们走向繁荣的方式。"嫁女儿的父亲们说道，"卡威克人、纳哈伊伯人和阿豪基切人，让我们结为一体。"

　　他们在奇伊斯马奇城生活了很久。

迁 徙之人来到库玛尔卡赫，一座由库库玛茨王命名的城池。人类的第五代就这样开始了。

当神祇之屋落成时，荣耀也随之降临。这座殿堂由战俘修建。在这之后，帝国日益繁荣昌盛。

正是在这一时期，基切人的实力得到了真正的发展。这要归功于上文提到的库库玛茨王，他是我们基切族古往今来最伟大的领袖。在他的统治之下，我们的孩子在深谷中建起房屋，创建了数座辉煌的城池。

众所周知，库库玛茨王的名字来自创世及造物者中的一部分——库库玛茨，另一部分是特佩乌。库库玛茨王降临人世时便天赋异禀，后脑勺上天生有一个玉米图案。他的眼睛是绿色的，头发像波涛般柔顺。由于他还年轻，他常常在斋戒中冥想。他从不会说出任何未经思考的话语。他不仅会画画，对数字也十分敏感。

库库玛茨王在位期间，没有盗窃行为，也没有暴力事件。人们聚在一起聆听国王的教诲。大家互助互爱，社会井然有序，战争也因此而绝迹。基切人从未经历过比这更美好的时代。不幸的是，他的统治并没有持续很长时间。

库库玛茨王是当之无愧的伟人。他同时也是诗人、音乐家和蹴球高手。他曾用七天时间登上苍穹，又用七天时间深入下界。他在七天里化身为长蛇，过七天又变成雄鹰，之后七天则变为美洲豹。在变形为兽的时候，他的模样与这些动物别无二致。而在另外七天里，他还会化为一摊凝固的鲜血。

关于他法力高强的消息不胫而走，其他国王都对库库玛茨王心生畏惧。他还曾乔装打扮成阿赫波普和阿赫波普－坎哈。

后来，蓄须的白人来了。他们身材高大，目中无人，骑在马上，扛着能爆出巨响的火枪。他们自海上而来。

基切人都对白人的到来浑然不觉。不过，库库玛茨王早就预言过时间的尽头，因为在创世之初，时间本就是天之心－地之心借助河川之水创造出来的。

"河川之中将涌入鲜血。父母双亲、兄弟姐妹都将湮灭。日落将降临在族人面前。"库库玛茨王在读完《波波尔乌》后说道，"沉默纪元将一统天下。在此之前，将有两位伟大的国王——卡威克家族的基卡伯和阿恰克易波伊家族的卡维兹玛赫。在此之后，诸民将流散四海。"

这场预言发生在楚利马斯。

起初，蓄须白人的身影如电光石火般闪现，就像无处不在的神明显形。不过，他们的力量藏在光明之外。疾病开始在基切人当中蔓延。人们纷纷死于高热、咳喘和腹泻。

"基切人要生存下去，唯一的办法就是藏身于西巴尔巴，但是不要对下界众神俯首称臣。"库库玛茨王宣布。

这番宣告令众人困惑不已。西巴尔巴是双生子胡纳赫普和希巴兰克击败恶魔的地方——那可不是微不足道的功绩。"族人们虚弱无力，"祭司们说，"他们抵抗不了多久就会死去。"

库库玛茨王向天之心-地之心求告："请给我们一个应许，胡拉坎！财富的恩赐者！子孙儿女的恩赐者！请眷顾我们，将你的荣耀与财富赐予我们吧。请保佑我的子孙和追随者，为他们留一条生路。请保佑那些在路途中、在田野上、在河畔和山谷里、在树下、在玉米地里呼唤您的人，让他们繁衍子嗣，安居乐业。"

他继续祷告："让基切人迎来他们应得的日出吧。赐予他们子孙儿女吧！请让他们免受耻辱和厄运的倾轧。别让狡诈的蓄须白人靠近他们，不管是从正面还是背后。愿他们别摔倒。愿他们别受伤。愿他们不会私通。愿他们免受正义的惩戒。愿他们别在路上失足。愿他们别遭遇来自身前或背后的打击和险阻。愿他们击败蓄须白人的巫术。"

我们的领袖库库玛茨王说完便开始斋戒，以此举警示人们，黑暗已悄然迫近。

在斋戒七天七夜之后，一天早晨，这位仁德的国王宣布，他受到了下界众神的召唤。他将要前往西巴尔巴，以换取族人今后的繁荣。

可惜，基切人对库库玛茨王在下界的历险一无所知。不过大家相信，他可能还在和胡恩-卡魅与乌库伯-卡魅玩蹴球呢。

10

蓄须的白人与基切女子厮混在一起，让她们怀上了孩子。很快，他们攻城略地，征服大大小小的城镇、村落与田野，所有被征服之地都付出了惨痛的代价。祭司建议人们交出宝石和金属作为贡品。他们还呈上了蜂蜜、翡翠手镯和蓝色鸟羽。

日落近在咫尺。

一天，蓄须白人中的一位疗愈者——名叫弗朗西斯科·希梅内斯的神父遇到了一对孪生姐妹。她们的名字是吉卡伯和卡薇兹玛赫，姐妹俩都十分聪颖。作为交换，孪生姐妹向希梅内斯神父讲述了古书《波波尔乌》的故事。她们说，库库玛茨王有一份原书的完整抄本，但国王宁愿让它彻底消失，也不允许它落入蓄须白人的手中。

"那本书被火焰环绕，"吉卡伯和卡薇兹玛赫说，"它保存在我们的头脑中。我们熟悉书中的每一个音节、每一幅图画。我们知道书里什么是善，什么是恶。"

希梅内斯神父教会了孪生姐妹如何穿衣打扮。听她们讲起关于《波波尔乌》的种种逸事，神父觉得十分困惑。于是，他请孪生姐妹从头背诵这本书的内容。

她们念道："起初，一切平静安宁。天空的子宫内空无一物。一切静止无声。时间尚未开始。人类尚不存在。飞鸟、游鱼、螃蟹、树木、岩石、山洞、峡谷、草场、丛林，这些皆不存在。唯有天空和沉睡的水泽。"

在那之后的数个夜晚，希梅内斯神父聆听了一段又一段故事，一段比一段更长。在征得姐妹俩父母的同意后，他请来基切抄写员，将她们用基切语讲述的逸事用拉丁字母誊写下来。对我们基切人而言，意为"书写"的 dzib 一词兼有绘画、作画之意——我想借此说明的是，这些故事都有很强的画面感。接着，他将这些故事翻译成卡斯蒂利亚语。但他没有将这本书单独出版。相反，他先后推出了两部著作：首先是一部关于喀克其奎语、基切语和祖图希尔语的语法专著，接着是一部为天主教神父撰写的举行圣事和忏悔的指南。《波波尔乌》被收入第二部专著的附录之中。

希梅内斯神父身材矮胖，皮肤呈古铜色，一头油腻的黑发，目光坚毅，本是一位学识渊博的谦谦君子，但他做这件事的动机令人生疑。他收集整理这些故事并不是为了让我们族人的生活有所改观。相反，正如他本人所宣称的，他想将这本书作为说服基切人皈依基督教、与魔鬼作斗争的工具，"就像军队统帅对付敌军那样"。他写道："这正是收录了忏悔和教理问答的第二部专著的写作宗旨。我还附上了另一份我从基切语译为卡斯蒂利亚语的专著，从中可以看到撒旦为让这些可怜的印第安人陷入战争而犯下的种种过错。"

希梅内斯神父想要满足那些见识过我们处境的人的好奇心：他们基切人信仰什么？他们向耶稣基督祈祷吗？他们是人类还是猿猴？关于这些谎言，至今仍有数不清的争论。

需要说明的是，《波波尔乌》绝非只有希梅内斯神父见过，其他一些多明我会修士也同样见过。然而，他在我们的世界里扮演着独一无二的传递者。在基切小镇奇奇卡斯特南戈担任教区神父时，他阅读了很多保存在我们手里的书册，他知道我们如何将它们铭记于心，好让它们安然无恙地传承下去。

我们不是恶魔。相反，我们曾经饱受压迫。我们的女人被蹂躏，我们的孩子被掳走，与我们骨肉分离。疾病在我们中间传播。幸存下来的人也无比脆弱。

我们生活在恐惧之中，往往只能悄声密谈，以免我们的所思所想被他人听见。这是一段悲惨的岁月。然而，压迫也让灵魂更加强悍。我们学会了要变得更强大、更明智，行事也要更果敢。

Coda

尾声

 卡伯的女儿们，在这远离一切纷扰的山洞里，我有话要对你们说。你
们一定要顽强地活下去。你们的一举一动彰显出智慧。你们的法术可
与你们继承其姓名的祖先相媲美。你们的转折点已经来临。你们中的
一人身披美洲豹皮，另一人则有花豹的斑纹。

　　我是巫医，是疗愈者。我已经五十七岁，出生在奇奇卡斯特南戈，曾在恰帕斯、
尤卡坦和金塔纳罗奥生活，膝下有六个孩子。我从未系统学习过基切语的字母表，
只会拼读用拉丁字母写出的基切语。

　　虚假的领袖背叛了我们。他们将偶像神强加给我们，遮蔽了真神的光芒。别
忘了，在我们的故事中，弟弟被赋予了延续的使命，战胜痛苦的考验顽强前行，
而兄长则要为兄弟二人的勇气遭受惩罚、付出代价。

我的职责是将母亲留给我的记忆传递下去，她从自己的母亲那里得到这份记忆，如此代代承袭。我们身边危机四伏。天之心－地之心创造的世界即将死去。百鸟、长蛇、响尾蛇和熊蜂都怒火中烧。它们发现自己的家园正在消逝。河流逐渐干涸。撼动自然的胡拉坎毫无怜悯之心。

西巴尔巴即将出现在世人眼前。

始祖们给我们的族人带来了绝望。他们是失败的造物。库库玛茨王预见了未来，但他没有足够的力量让我们走上正道。氏族的分裂逼得我们不得不抛下故土。与玉米沟通再也不是头等大事。现在，西巴尔巴已无处不在。

如今，基切人的精髓已陷入危险，我们的记忆也处在毁灭的边缘。请唱起希基克的诗歌吧，她的诗篇里有日出东方的应许。

或许，我们还有一次机会？或许，我们的族人能结束眼下的流散，重新会聚在一起？

请听我说！

作者后记

20 世纪 70 年代，我在墨西哥第一次接触到《波波尔乌》时还是一个少年。在阅读这本书的同时，我还在读想象力略逊一筹、题材更加严肃的《危地马拉传说》（1930），这是诺贝尔文学奖得主、危地马拉作家米盖尔·安赫尔·阿斯图里亚斯的作品。这些书本为我打开了一扇了解玛雅人的窗户，而我与玛雅人常有往来。

下界西巴尔巴是《波波尔乌》第二部分故事的发生地，它在我眼里格外迷人，就像《塔木德》中的欣嫩子谷和但丁《神曲》中的炼狱。在我的想象中，那是一个深藏不露的宇宙，创设出这个地方的人想必拥有伊塔洛·卡尔维诺的巧思。

十年后，在结识研究前哥伦布时代文明的杰出学者米盖尔·莱昂-波蒂利亚（1926—2019）之后，我对玛雅世界的钻研愈发深入——不仅是《波波尔乌》，还有它的近亲《奇兰巴兰之书》。他的《纳瓦特语文化七论》（1958）改变了我的一生，让我得以全情投入地欣赏原住民富有哲思的智慧。在如今被称为中美洲的地区，当地土著人口至今仍遭排斥；在过去，当原住民文化开始在政治、宗教、文学、美食和艺术领域悄然复兴时，这种排斥更是有过之而无不及。莱昂-波蒂利亚的专著正是这场复兴背后的推动力。

他在多年后问世的综合性论著《国王的语言：前哥伦布时代至今的中美洲文学选集》（2001）同样是无价之宝。这部论著让我充分意识到，尽管《波波尔乌》扎根于危地马拉高地，但它却属于全人类。让它成为我们的财富——换言之，认可它的普世价值——并不会将它从基切人那里夺走，相反，这会巩固它的本土根源。

与《圣经》《吉尔伽美什》《伊利亚特》《奥德赛》和其他古老书册类似，这部汇集基切传说的圣书从口传文学演变而来。在西班牙人征服之后，大约在16世纪中叶的某个时刻，《波波尔乌》才被用书面文字记录下来，从某种程度上说，此举是为了挽救惨遭欧洲人蹂躏的原住民社群文化。不用说，从口头到书面的转化是不可靠的，在此过程中丢失了太多内容。

从那时到现在，《波波尔乌》已有数十个翻译、改编和化用版本，但有趣的是，如今对《波波尔乌》的重塑依然同它成为实体书本之前一样充满活力。与讲故事的人一样，译者从不是清白无辜的。尽管力求做到客观，但译者们总会有意识或无意识地按自己的想法添加或省略信息。

数不清的改编版本让《波波尔乌》充满生机，从动画到儿童故事，从戏剧到音乐作品，不一而足。比如，阿根廷作曲家阿尔韦托·希纳斯特拉便以《波波尔乌》为灵感，在 1975 至 1983 年间创作了一部由七个乐章组成的交响诗篇。

机缘巧合之下，我燃起了重述无畏的双生子胡纳赫普和希巴兰克及其后代故事的渴望。我排演的独角话剧《炉灶》（2018）涉及哥伦比亚境内亚马孙河流域的萨满仪式，其中包括吞服致幻剂死藤水的内容。这段经历让我与我在墨西哥土生土长的过去重新建立了联结。话剧导演马修·格拉斯曼十分关注该剧对土著文化的化用。我们之间电光石火的讨论令我大开眼界，让我想要更深入地发掘纳瓦特、玛雅和基切文明。

在排演期间，我曾前往英国牛津短途旅行。在那里，我偶然见到了一本玛丽·兰姆和查尔斯·兰姆合著的《莎士比亚故事集》（1907）。我一直很喜欢兰姆姐弟对莎翁故事的处理方式，不过在过去很长时间里都忘了这本书。这一次，读到他们对莎士比亚戏剧魅力十足的改写，让我也强烈渴望对前西班牙时期的美洲经典实施类似的改造计划。不久之后，我又读到了彼得·阿克罗伊德的《坎特伯雷故事集》（2009）、阿什娅·萨塔尔的《罗摩衍那》（2016）以及尼尔·盖曼的《北欧众神》（2017），以上都是对经典的重塑。没错，这正是我所追寻的——用全新的声音讲述古老的文本，不是纯粹的翻译，而是精心打磨的再创造。

　　我尤其要感谢弗朗西斯科·希梅内斯·德·克萨达神父（1666—约 1722），正是这位多明我会修士、文献学家以及超前于时代的民族志学家让我们得以见到《波波尔乌》的文字版。若不是他耗费心力拯救了基切人的创世神话和史诗传奇，今天我们对这些神话传奇的了解只会更加晦暗不明。希梅内斯神父是一位狂热的保护主义者。1691 年左右，他用很短的时间便学会了与基切语和祖图希尔语有密切亲缘关系的喀克其奎语。1701 至 1703 年间，他生活在奇奇卡斯特南戈。在那里，他专注于聆听玛雅人的口传叙事。（关于这位神父的生平，目前只有零碎的信息。）此外，他还是两部重要著作的作者：《圣比森特·德·恰帕与危地马拉省史》（1715）和《喀克其奎语、基切语和祖图希尔语大辞典第一部分》（约 1701）。

　　有人用"化用"来评价希梅内斯神父的工作。他最先完成的是一份双栏并列的译文，基切语在左，西班牙语在右，后来又创作了散文体译本。神父的作品保存在圣多明我修道院，直到 1830 年中美洲联邦将多明我会修士驱逐出境。不用说，攻击西班牙征服者和传教士已经成了一项娱乐活动——这情有可原。然而，正如约瑟夫·布罗茨基当初在一首关于墨西哥的诗歌中所设想的，不论好坏，倘若没有欧洲人，就不会有拉丁美洲。毫无疑问，希梅内斯神父不是一位可靠的译者。他按照适合宣传基督教教义的方式塑造各部分文本，使之成为传教的桥梁。对希梅内斯神父的各版本《波波尔乌》开展比较研究的后世学者称，他对基切语言和文化的了解是有限的，甚至是片面的。

话虽如此，我还是要说，他的工作或许确实失之偏颇，却也是开启基切人追寻旅途的英勇之举。故事中有多少是他的原创？让故事流传的人对于最终流传下来的内容究竟该承担怎样的责任？希梅内斯神父是否也是一位"重述者"？在此过程中，还有许多双手曾参与工作——抄写员、口译人员等等，这不禁让读者产生哪些是原本、哪些是杜撰的疑问。不过，纵然《波波尔乌》与《圣经》，尤其与《创世记》和《出埃及记》在叙事方面有惊人的相似之处，这部圣书的字里行间依然闪耀着基切民族的独特个性及其坚韧无畏的品格。传统不仅在于我们继承了什么，也在于我们如何对待所继承的一切。

在重述《波波尔乌》的道路上，墨西哥随笔作家、历史学家和剧作家埃尔米洛·阿布雷乌·戈麦斯（1894—1971）是我的前辈。他在1934年为胡安娜·伊内斯·德·拉·克鲁斯修女撰写了一部开创性的传记。他那部充满想象力的《波波尔乌传说》（1964）令人爱不释手。

我在自己这个版本中倾注了我对拉美文学终生不渝的挚爱。实不相瞒，我将我这本基切历书视为另一部无与伦比的家族史诗的后裔——那便是加夫列尔·加西亚·马尔克斯的《百年孤独》（1967），其核心人物中恰好也有一对双胞胎。

我主要基于以下几本书来重述这个故事：首先也最重要的是阿德里安·雷西诺斯长盛不衰的《波波尔乌：基切人的古老历史》（1947），维克托·蒙特霍的《波波尔乌：玛雅圣书》（1999），以及艾伦·J.克里斯滕森的《波波尔乌：基切玛雅人的圣书》（2003）。

　　我也仔细研读了卡尔·舍尔策的《危地马拉省印第安人发源史》（1857），夏尔·艾蒂安·布拉瑟尔·德·布尔堡的《波波尔乌：古代美洲的圣书与传说，以及基切人的英雄故事与史书》（1861），莱昂哈德·舒尔策和耶纳·舒尔策的《波波尔乌：危地马拉基切印第安人的圣书》（1944），德利娅·戈茨和西尔韦纳斯·G.莫利的《波波尔乌：古代基切玛雅人的圣书》（1950），芒罗·S.埃德蒙森的《议事之书：危地马拉基切玛雅人的〈波波尔乌〉》（1971），阿古斯丁·埃斯特拉达·蒙罗伊的《波波尔乌：危地马拉省印第安人的起源故事》（1973），丹尼斯·特德洛克的《波波尔乌：玛雅人的生命破晓之书》（1985），萨姆·科洛普的《波波尔乌：基切语诗文版》（1999），以及迈克尔·巴泽特的《波波尔乌：韵文体新译》（2018）。

　　除上述基础文本之外，我还多次参阅奥斯瓦尔多·钦奇利亚·马萨列戈斯的著作，尤其是那部精彩纷呈的《古玛雅艺术与神话》（2017）。

　　在《前哥伦布时代动物图鉴》（2020）中，我一一展示了艾马拉、阿兹特克、印加、玛雅、纳瓦文化中的野兽和其他本土动物，包括虚构的和现实中存在的。《波波尔乌》中的动物也在其中闪亮登场。

奥梅罗·阿里迪斯和贝蒂·费伯为本重述版的各版初稿做出了点评，万分感谢他们的友情襄助和犀利眼光。

我要感谢内森·罗斯特伦、约迪·马尔科夫斯基以及不安之书出版社的杰出团队。还要感谢优素福·布塞塔在编校方面提供的帮助，以及胡安·安东尼奥·阿斯·马尔多纳多提供的关于《波波尔乌》原本的专业知识。

关于基切语名字的拼写，我还想多说一句。关于这些名字的音译转写，至今仍有争论。众所周知，学者们对此持有截然相反的观点。比如"基切"这个词本身就有 Quiche、Qu'iche、Kiche、Kiché 和 K'iche' 等数种拼写方式。在大部分情况下，我选择遵循危地马拉玛雅语言学院确立的规则，在必要之处使用右上角的撇号，除非一个单词已有约定俗成、众所周知的拼写方式。

依兰·斯塔文斯

插画师的话

我在中美洲地区长大，那是《波波尔乌》中的故事发生的地方。这片天地以生机蓬勃的大自然以及现代与古老社会的鲜明反差而闻名。在我的画中，我用鲜活明艳的色彩来描绘创造人类和大自然的片段，用相对深暗的颜色来描绘阴森可怖的玛雅下界西巴尔巴。玛雅文化与大自然和动物的密切关系对我的艺术创作很有启发。

西班牙征服者的到来注定基切社会行将没落的命运，他们的文化被压制，新时代就此开始。对我而言，能够为一部作为玛雅历史记忆、神话和智慧重要组成部分的新时代作品增添艺术和视觉语言，这非常有意义。我希望我的绘画能让读者沉浸在一个充满想象力和魅力的无垠宇宙之中。在那个奇幻的世界里，人类是用玉米做的，世间和下界的生灵在火山和峻岭之间交缠，被羽蛇、美洲豹、郊狼、野猫、多姿多彩的百鸟、红酸枣树、鳄梨、可可、芒果和苹果围绕。

加芙列拉·拉里奥斯

加芙列拉·拉里奥斯是萨尔瓦多艺术家和插画家，现居英国伦敦。2007年，她在阿尔班奖学金的支持下获得了英国坎伯韦尔艺术学院的艺术硕士学位。她创作的拼贴插画异想天开、多姿多彩，充分体现了她对童书、纺织品和民间艺术的热爱。她的创造力源自她对故事和大自然的兴趣。她的作品已在伦敦、欧洲大陆和世界其他地区展出，并在各种国际书刊上发表。

译 后 记

天空的黄镜又会从他的胸口显现，那是一口圆锅，用星星的文火烹制神祇的玉米饼；黄、白玉米饼由黄、白玉米制成，此时为白昼；黑玉米饼由黑玉米制成，彼时为黑夜。

——米盖尔·安赫尔·阿斯图里亚斯《危地马拉传说》

物有始亦有终。世界的末日与起源，究竟哪一个更值得我们关注？

在基切玛雅人的世界里，时间虽然不是一条衔尾长蛇，但是一切的开始与终结，早已记录在神圣的书页之间。

基切人是谁？

基切人是玛雅人的一支，主要生活在危地马拉高地。据考证，"基切"这个名字有"树木众多"之意，纳瓦特语将其意译为 Cuauhtēmallān，用于称呼此地及生活于此地的民族。Cuauhtēmallān 后来便演变为 Guatemala，也就是"危地马拉"这个名字。至今，危地马拉仍有一个名为基切省的行政区划，基切人约占危地马拉总人口的 11%。

根据《古代玛雅社会生活》中的介绍，在 15 世纪晚期，基切人控制了整个危地马拉高地，基切王国的疆域东至今萨尔瓦多边境，西至今墨西哥恰帕斯州。基切统治者一般居住在神圣的中心城市乌塔特兰（即本书中的库玛尔卡赫），要求王国境内的其他城市纳贡。基切玛雅王国的领土面积一度达到近七万平方公里，人口约有一百万。

与其他玛雅人一样，他们相信万物有灵，相信人有名为"那瓦尔"的元神，他们供奉羽蛇神，他们守望星空。除了玛雅人共有的文化之外，他们还有自己的语言——基切语。最重要的，他们还有一部承载先祖记忆的圣书——《波波尔乌》。

《波波尔乌》的沿革

在基切语中，"波波尔乌"（Popol Vuh，也写作 Popol Vuj 或 Popol Wuj）的字面意思是"织毯之书"：Vuh 意为"书本、纸张"；Pop 意为"草编的织毯"，基切人议事时坐在草席上，"织毯"也因此而成为议事机构和权力的象征。书中"阿赫波普"（Ahpop）一词的字面意思便是"织毯守护者"，这是基切统治者的一个重要职位和头衔。由此可见，除了音译之外，"波波尔乌"也可意译为"织毯之书""议事之书""社群之书"或"族人之书"。

《波波尔乌》的象形文字手抄本可能成书于 1550 年左右，这份最初的象形文字手抄本早已佚失。1701 至 1703 年，希梅内斯神父根据当地基切人的口述，将《波波尔乌》的故事翻译为卡斯蒂利亚语，同时用拉丁字母记录下基切语的发音，这便是我们如今能见到的最早版本的《波波尔乌》。

在之后的数百年中，西方学者在此基础上推出了许多版本的《波波尔乌》及相关研究专著，例如夏尔·艾蒂安·布拉瑟尔·德·布尔堡的《波波尔乌：古代美洲的圣书与传说，以及基切人的英雄故事与史书》、德利娅·戈茨和西尔韦纳斯·G.莫利的《波波尔乌：古代基切玛雅人的圣书》、丹尼斯·特德洛克的《波波尔乌：

玛雅人的生命破晓之书》等。在中国，我们有 1996 年漓江出版社的《波波尔·乌：拉美神话经典》和 2016 年中国少年儿童出版社的《波波尔·乌：玛雅神话与历史故事》两个译本。本书是《波波尔乌》的第三个中译本。

《波波尔乌》的内容

《波波尔乌》全书按内容可大致分为三大主线（本书中分为四大部分）：首先是玛雅世界的创生和傲慢之神的毁灭，其次是英雄双生子的神勇功绩，最后是神话与历史交融的基切王朝沿革。

全书的三大叙事主线大致按故事发生的地点来划分：第一部分发生在大地之上，第二部分发生在下界西巴尔巴，第三和第四部分又回到大地。但仔细读来，我们会发现故事的空间与时间存在交织的错位。例如，在第一部分"创世"中，先是大洪水毁灭木人一族，然后是胡纳赫普与希巴兰克击败七鹦鹉，直到第二部分"下界"才讲述了胡纳赫普与希巴兰克的身世。然而，从事件发生的先后顺序来看，却是这样：

在天地创生之后，除了既有的创世神之外，首先出现的是黎明祖母希穆卡内和白昼祖父希皮亚科克，他们生下了胡恩-胡纳赫普和乌库伯-胡纳赫普这对孪生兄弟。胡恩-胡纳赫普与"育猴者"希巴基亚洛生育了一对双胞胎胡恩-巴茨和胡恩-丘文。

四人玩蹴球的声响惊动了下界的诸位死神，他们邀请胡恩-胡纳赫普和乌库伯-胡纳赫普前往西巴尔巴，在那里设计杀死了兄弟二人。下界处女希基克受胡恩-胡纳赫普的头颅感召而受孕。她设法逃出下界，来到人间，诞育了英雄双生子胡纳赫普和希巴兰克。

在这段时间里，木人一族在大地上繁衍生息。由于木人缺乏灵智，创世神便降下洪水，毁灭了木人一族。当滔天洪水淹没大地时，"七鹦鹉"乌库伯-卡基什在汪洋之上飞翔，夸耀自己的神力。直到这时，七鹦鹉的傲慢才引起了胡纳赫普和希巴兰克的不满，他们击败了七鹦鹉。

击败七鹦鹉后，这对双生子前往下界。他们与西巴尔巴众神斗智斗勇，最终战而胜之。在《波波尔乌》中，双生子的传说到这里就结束了。但在其他基切神话中，在击败下界众神、为父辈报仇之后，他们将胡恩-胡纳赫普奉为玉米神，他的死亡与重生象征着作物的枯荣。至于双生子胡纳赫普和希巴兰克，则分别化为太阳和月亮。

在图像艺术中，胡纳赫普常被描绘为面部和四肢有黑点的形象，因为他曾被吸血蝙蝠卡玛佐茨杀死，身体上的黑点在玛雅艺术中往往是死者的标志。

而希巴兰克身上常常披有美洲豹皮，因为"希巴兰克"（Ixb'alanke，又写作 Xbalanque）中的"巴兰"（balan，又写作 balam）在基切玛雅语中有"美洲豹"之意。

光怪陆离的基切神话

作为读者，我偏爱幻想故事；在纷繁的幻想故事中，我尤其偏爱神话传说——神话是人类的童年，在看似离奇的情节里，蕴藏着人类原始的敬畏和纯真。

古代玛雅人有以血祭神的传统：用刺魟鱼（魔鬼鱼）的脊骨刺破耳垂或身体其他部分，以自己的鲜血敬奉神明。失血和焚烧草药产生的烟雾会让人产生幻觉，从而在幻觉中窥探生命。

翻译《波波尔乌》同样是一场美妙的幻觉之旅。从湿润的雾林到贫瘠的火山，一路逆行而上，踏过魔幻主义的时间之河。基切神话从创世之章开始就呈现出浓郁的魔幻色彩：羽蛇和风通过交谈，决定创造世间万物，创造供养自己的生灵。羽蛇神库库玛茨（Q'uq'umatz）在基切玛雅人的神话体系中占据举足轻重的地位，其形象、职能和地位与尤卡坦玛雅人的库库尔坎（Kukulkan）以及阿兹特克人的克察尔科亚特尔（Quetzalcoatl）大致等同。从字面上看，库库玛茨的名字由"凤尾绿咬鹃"（q'uq）与"长蛇"（kumatz）组合构成，意即"身披绿咬鹃羽毛的长蛇"。而特佩乌总是与库库玛茨如影随形，成对出现，有些学者据此认为，特佩乌和库库玛茨是同一位神的两面。但另一部分学者则认为，"特佩乌"（Tepew）一词在基切玛雅语中意为"君王、征服者、胜利者"，是羽蛇神库库玛茨的一个头衔。

凤尾绿咬鹃（拉丁文学名 *Pharomachrus mocinno*）又名"格查尔鸟"（quetzal），是生活在中南美洲热带雨林的美丽攀禽。雄性绿咬鹃华美的长尾覆羽闪耀着宝石般的色泽，如凤尾般雍容璀璨。在古代玛雅和阿兹特克文化中，凤尾绿咬鹃均被认为是羽蛇神的化身，享有神圣的地位，捕杀绿咬鹃者甚至可能被处以极刑。时至今日，凤尾绿咬鹃依然是基切玛雅人主要聚居地之一——危地马拉的国鸟。

另一位创世神是胡拉坎，现代学者认为其对应玛雅抄本中的神 K。在玛雅传说中，胡拉坎是决定降下大洪水毁灭木人一族的神明之一，其名被西班牙语吸收后写作 huracán，意为"飓风"，与胡拉坎司掌闪电与风暴的职能相符。不过，据考证，"胡拉坎"（Juraqan）在玛雅语中的意思是"独腿"。"天之心-地之心"是对胡拉坎的诗意称呼。此外，胡拉坎也被理解为三位一体的神：其中一位负责制造闪电，另一位奇皮-卡库尔哈让闪电充满能量，还有一位拉夏-卡库尔哈将闪电劈向目标。

过去，许是中美洲研究不够深入的缘故，阿兹特克神话和玛雅神话中的大部分人名均采用音译。不过，基切语名其实和汉语名一样，音节承载着语义。虽然今时今日对玛雅语言的破译尚不全面，但《波波尔乌》中许多名字的含义都已明了。比如胡恩－胡纳赫普即"一猎手"，乌库伯－胡纳赫普即"七猎手"，人名中的"一"和"七"经常成对出现，它们表示的不是数量而是序数，与中文的"甲"和"庚"有几分相似。在西巴尔巴众神中，为首的两位死神是胡恩－卡魅和乌库伯－卡魅，即为"一死"和"七死"。

其他下界神的名字也各有深意，十二位神成对出现：让人呕吐的西基里帕特意为"屋角"，库楚马基克意为"血聚"（他的女儿名叫希基克，意为"血女"）；让人皮肤流脓、生出黄疸的阿哈尔普赫意为"脓主"，阿哈尔卡纳意为"疸主"；让人形销骨立、好似骷髅的查米亚巴克意为"骨杖"，查米亚霍隆意为"颅杖"；诱发心脏病的阿哈尔魅斯意为"秽主"，阿哈尔托克托伯意为"刺主"；制造意外事故的基克西克意为"飞祸"，帕坦意为"袋绳"。下界众神掌管死亡与疾疫，让基切人畏惧，却也会被英雄双生子以智取胜。

阴森的西巴尔巴仿佛是与人世间相倒错的镜像：那里有城池和建筑，有居民，还有蹴球运动。下界不是一切的终点，倒更像是生与死的中转站。被奉为玉米神的胡恩－胡纳赫普在下界死而复生，便是生命轮回的缩影。

死亡不是终点，遗忘才是。只要还有人在讲述和聆听《波波尔乌》的故事，基切人的日出终将来临。

重述基切神话

为何将这一版《波波尔乌》定义为"重述"？在与本书作者依兰·斯塔文斯的探讨中，我们曾数次谈及这一问题。

翻译起源神话和古代传说是一项艰难的挑战，一方面是因为其内涵太过丰富，意象又无比模糊；另一方面，为了正本清源，尽可能挣脱西方语言的影响，本书作者、责编与作为译者的我进行了拉锯式的讨论与钻研，希望尽可能还原基切语发音的原貌。借用依兰的话说，希望这个版本的译文更适合现代读者阅读。

相较于其他文明的神话和传说，《波波尔乌》的独特之处在于，它本身正是翻译的产物——是西班牙传教士用拉丁字母将口传基切语转写和翻译，才使其得以传承至今。每一次翻译，都为它增添了一分生命力。更有意思的是，在《波波尔乌》的神话观里，创世并非一神之功，是众神通过沟通和交流创造了世间万物。语言和语词本身，便是编织世界的纽带。

走进《波波尔乌》的世界，我们将看到耀目的金刚鹦鹉在被水泽淹没的大地之上飞行，美洲豹和美洲狮在日出之时迎着朝阳嘶吼，鲜血赋予石像生命，鸟兽与蝇虫都有知善恶、识好坏的灵性。这一意象纷繁的迷离幻境不仅属于某一个被世人遗忘的玛雅部落，也是全人类共同的文学瑰宝和精神财富。《波波尔乌》让我们跨越漫长的时间之河，让我们看清自己在寰宇之中究竟身在何处。

陈　阳

陈阳，法语、英语译者。毕业于北京语言大学高级翻译学院。已出版《法老的宝藏》《沙漠与餐桌》《一个孤独漫步者的遐想》《人间食粮》等译著。

相关书目

《波波尔乌：基切玛雅人的圣书》

Popol Vuh: Sacred Book of the K'iche' Maya People

《波波尔乌：基切人的古老历史》

Popol Vuh: Las antiguas historias del Quiché

《波波尔乌：基切语诗文版》

Popol Wuj: Versión poética K'iche'

《波波尔乌：玛雅人的生命破晓之书》

Popol Vuh: The Mayan Book of the Dawn of Life

《波波尔乌：玛雅圣书》

Popol Vuh: A Sacred Book of the Maya

《波波尔乌：危地马拉基切印第安人的圣书》

Popol Vuh: das heilige Buch der Quiché-Índio von Guatemala

《波波尔乌：危地马拉省印第安人的起源故事》

Popol Vuh: Empiezan las historias del origen de los indios de esta provincia de Guatemala

《波波尔乌：韵文体新译》

The Popol Vuh: A New Verse Translation

《波波尔乌传说》

Las leyendas del Popol Vuh

《古代墨西哥的观天者》

Skywatchers of Ancient Mexico

《古玛雅艺术与神话》

Art and Myth of the Ancient Maya

《国王的语言：前哥伦布时代至今的中美洲文学选集》

In the Language of Kings: An Anthology of Mesoamerican Literature: Pre-Columbian to the Present

《喀克其奎语、基切语和祖图希尔语大辞典第一部分》

Primera parte del tesoro de las lenguas cakchiquel, quiché y zutuhil, en que las dichas lenguas se traducen a la nuestra, española

《纳瓦特语文化七论》

Siete ensayos sobre cultura náhuatl

《奇兰巴兰之书》

The Books of Chilam Balam

《前哥伦布时代动物图鉴》

A Pre-Columbian Bestiary

《圣比森特·德·恰帕与危地马拉省史》

Historia de la provincia de San Vicente de Chiapa y Guatemala de la orden de predicadores

《托托尼卡潘之主的头衔》

Título de Totonicapán

《危地马拉省印第安人发源史》

Las historias del origen de los indios de esta provincia de Guatemala

《新西班牙诸物志》

Historia general de las cosas de Nueva España

《议事之书：危地马拉基切玛雅人的〈波波尔乌〉》

The Book of Counsel: The Popol Vuh of the Quiche Maya of Guatemala

《尤卡坦风物志》

Relación de las cosas de Yucatán

译名对照表

阿德里安·雷西诺斯 Adrián Recinos

阿尔韦托·希纳斯特拉 Alberto Ginastera

阿古斯丁·埃斯特拉达·蒙罗伊 Agustín Estrada Monroy

阿哈尔卡纳（疽主）Ajalkana'

阿哈尔魅斯（秽主）Ajalmes

阿哈尔普赫（脓主）Ajalpuj

阿哈尔托克托伯（刺主）Ajaltoqt'ob

阿豪基切 Ajaw K'iche'

阿赫波普（织毯守护者）Ahpop

阿赫波普-坎哈（会客厅织毯守护者）Ahpop Kamja

阿赫契基纳哈 Aj Tzikinaja

阿恰克易波伊 Achac-Iboy

阿什娅·萨塔尔 Arshia Sattar

阿维利什 Awilix

埃尔米洛·阿布雷乌·戈麦斯 Ermilo Abreu Gómez

埃尔南·科尔特斯 Hernán Cortés

艾伦·J. 克里斯滕森 Allen J. Christenson

艾马拉 Aymara

艾瓦巴斯伊万（隐谷）Euabal Ivan

安东尼·F. 艾维尼 Anthony F. Aveni

安妮·麦克莱恩 Anne McLean

奥尔梅克 Olmec

奥梅罗·阿里迪斯 Homero Aridjis

奥斯瓦尔多·钦奇利亚·马萨列戈斯 Oswaldo Chinchilla Mazariegos

巴尔切 balche

巴尔萨斯 Balsas

巴尔塔萨·德·门多萨 Baltasar de Mendoza

巴兰-阿卡伯（暗夜美洲豹）Balam Aqab

巴兰-基策（笑面美洲豹、基切美洲豹）Balam Kitze

巴兰米哈（豹穴）Balami-ha

巴托洛梅·德·拉斯卡萨斯 Bartolomé de Las Casas

贝蒂·费伯 Betty Ferber

贝尔纳迪诺·德·萨阿贡 Bernardino de Sahagún

贝勒赫伯-凯赫（九鹿） Belejeb Queh

彼得·阿克罗伊德 Peter Ackroyd

查尔斯·兰姆 Charles Lamb

查马尔坎（静蛇） Chamalkan

查米亚巴克（骨杖） Chamiyab'aq

查米亚霍隆（颅杖） Chamiyajolom

查因哈（刀窟） Chayn-ha

楚利马斯 Chulimal

丹尼斯·特德洛克 Dennis Tedlock

德利娅·戈茨 Delia Goetz

迭戈·德·兰达 Diego de Landa

迭戈·里维拉 Diego Rivera

弗朗西斯科·希梅内斯·德·克萨达 Francisco Ximénez de Quesada

弗朗切斯科·梅尔菲 Francesco Melfi

哈卡韦茨 Jakavitz

豪纳赫普（猎户山） Haunahpu

胡安·德·罗哈斯 Juan de Rojas

胡安·科尔特斯 Juan Cortés

胡安娜·伊内斯·德·拉·克鲁斯 Juana Inés de la Cruz

胡恩-巴茨（一猿猴）Jun B'atz'

胡恩-胡纳赫普（一猎手）Jun Junajpu

胡恩-卡魅（一死）Jun Kame

胡恩-丘文（一工匠）Jun Ch'owem

胡拉坎（独腿）Juraqan

胡利兹纳伯 Huliznab

胡梅塔哈（犬吠地）Humetaja

胡纳赫普 Junajpu

胡尤伯-塔卡赫 Juyub-Taqaj

基卡伯 Quicab

基克西克（飞祸）Kik'xik

吉卡伯 Kikab

加夫列尔·加西亚·马尔克斯 Gabriel García Márquez

加芙列拉·拉里奥斯 Gabriela Larios

金塔纳罗奥 Quintana Roo

旧米斯科 Mixco Viejo

喀克其奎 Kaqchikel

科卡威伯 Kokawib

科纳切 Konache

科图哈 Kotuja

科万 Coban

克克玛哈（黑屋） Quequema-ha

库阿豪 Kuajaw

库阿库斯 Kuakul

库楚马基克（血聚） Kuchumakik

库尔巴 Kulba

库库玛茨 Q'uq'umatz

库玛尔卡赫（腐蔗地） Q'umarkaj

库兹万 Cuzivan

拉比纳尔 Rabinal

拉夏-卡库尔哈（原初霹雳） Raxa-Kakulha

莱昂哈德·舒尔策 Leonhard Schultze

洛茨基克 Lotz'kik

马胡库塔赫（就座者） Majukutaj

马卡莫伯（骚动） Macamob

马尼 Mani

218

奇恰克（干旱地）Chichak

奇提克 Chitic

奇伊斯马奇（长须地）Chi Ismachi

契基纳哈 Tzikinaja

契契米特尔（群星骷髅、星骨）tzitzimitl

恰帕斯 Chiapas

丘米哈（虾屋、丽水）Chomija

萨波特克 Zapotec

萨基尼玛奇（大白貘）Saqi Nima Tzi

萨基尼玛斯（大白貒）Saqi Nim Al

萨基卡斯 Sakikas

萨姆·科洛普 Sam Colop

闪 Xan

圣克鲁斯 Santa Cruz

圣伊格纳西奥 San Ignacio

舒鲁 Xulu

四震（四运动）Nahui-Ollin

簌簌凛哈（冷室）Xuxulim-ha

塔马祖斯 Tamazul

221